张炜

|作品|

他们为何而来

四川人民出版社

图书在版编目（CIP）数据

他们为何而来/张炜著. —成都：四川人民出版社，2018.7
ISBN 978-7-220-10803-7

Ⅰ.①他… Ⅱ.①张… Ⅲ.①散文集-中国-当代 Ⅳ.①I267

中国版本图书馆 CIP 数据核字（2018）第 101636 号

TAMEN WEIHE ERLAI
他们为何而来
张炜 著

策　　划	张春晓
责任编辑	张春晓
装帧设计	张　妮
责任校对	袁晓红
责任印制	祝　健
出版发行	四川人民出版社（成都槐树街2号）
网　　址	http://www.scpph.com
E-mail	scrmcbs@sina.com
新浪微博	@四川人民出版社
微信公众号	四川人民出版社
发行部业务电话	（028）86259624　86259453
防盗版举报电话	（028）86259624
照　　排	四川胜翔数码印务设计有限公司
印　　刷	成都东江印务有限公司
成品尺寸	143mm×210mm
印　　张	8.75
字　　数	170 千
版　　次	2018 年 7 月第 1 版
印　　次	2018 年 7 月第 1 次印刷
书　　号	ISBN 978-7-220-10803-7
定　　价	46.00 元

■版权所有·侵权必究

本书若出现印装质量问题，请与我社发行部联系调换
电话：（028）86259453

张炜，当代作家，中国作家协会副主席，万松浦书院院长。山东省栖霞市人，1956年11月出生于龙口市。1975年开始发表作品。

2014年出版《张炜文集》48卷。作品译为英、日、法、韩、德、塞、西、瑞典、俄、阿、土、罗、意等多种文字。

著有长篇小说《古船》《九月寓言》《刺猬歌》《外省书》《你在高原》《独药师》《艾约堡秘史》等21部。作品获优秀长篇小说奖、"百年百种优秀中国文学图书"、"世界华语小说百年百强"、茅盾文学奖、中国出版政府奖、中华优秀出版物奖、中国作家出版集团特别奖、《亚洲周刊》全球十大华文小说之首、中国好书奖、畅销书奖、全国"五个一工程"奖、南方传媒大奖杰出作家奖等。

近作《寻找鱼王》《独药师》《艾约堡秘史》等书获多种奖项。

| 目录 |

序　001

辑一·松浦居随笔

葡萄园　003

消逝的灯火　006

一些美好的树　009

管理一片林子　014

身上的热力　019

道德楷模　023

遗弃与忠诚　025

来了一群大清的人　027

一位兄长　030

夜　访　034

辑二·半岛渔村手记

    序　039

    开海节　042

    水边蘑菇　049

    铁槎山的道姑　055

    海驴岛的鸟　060

    正午开炮　064

    毁岛记　069

    西洋小镇　073

    恐　惧　077

    鱼拓画　082

    天尽头的风　086

辑三·他们为何而来

想起了陶渊明　093

伯林的圣彼得堡　097

一生一本书　0100

理想主义　102

道德理想主义　106

诗与帝国　108

写作人的晚境　110

科技与道德　113

速度和时间　117

比谁读得更少　119

庸众的兴趣　123

无可救药的奢望　124

正义最有魅力　125

才能与邪恶　127

文字的繁衍　130

当回忆频频来袭　132

发现失败的美好　135

他们为何而来　137

这一年的专注　139

读康有为　141

真鲁迅　143

水汽弥漫的大河　145

三大关系　147

作品的空间　150

闲暇者　152

另一枚硬币　154

辑四·自然、自我与创造

仙人今何在　159

自然、自我与创造　167

小空间与大空间
　　——文学与社会　186

网络时代的个人语调
　　——文学与包容性　189

小说家的工心　192

悲剧性，无限魅力之源　200

出发之地　223

人固有心曲　239

"大河小说"出版始末　247

一个人的特殊岁月　249

再识张炜（代后记）　264

序

这部新的散文集与我其他的文集没有篇目上的重复,而且主要是 2016 至 2017 年的文章。其中很大一部分没有发表过。

我以前说过,可能是由于年龄的原因,现在对这些直接记录主客观世界的非虚构文字更加重视了。我很早以前就知道,自己不可能是一个专门的小说家,并且从来没有将小说这种文体看得过高:那些丧失了诗性的小说"创作"非但不高,还属于比较低的品级。对此,我一直用个人的实践,曲折而坚定地求证着。

现在,我已经出版了几百万言的非虚构文字,它们接近全部写作量的一半。

直接言说,简朴记录,这在一个写作者来说是多么重要。面对一个异常繁复的世界,一个必要与之发生关系的精神与物质的存在,人在许多时候需要化繁为简。时间太匆促了,于是表达的速度即成为一个要素。怎样在第一时间传达出个人的心声,不再耽搁,这在中年刻痕划上之前就应做出决断。

而我近些年才清晰起来。

但愿一切还不算太晚。

2018 年 2 月 5 日
于济南

辑一
/ 松浦居随笔 /

葡萄园

我不知还有什么比一座葡萄园更好。拥有这样一片园子将是幸福的。它是生机盎然和甜美的代名词,是和平与安怡、勤奋与劳动的代名词。如果这片葡萄园在半岛地区,享受了湿润的海风和明丽的阳光,那么简直就是无与伦比地美好了。

什么人拥有这样的一片园子更好?首先是种植葡萄的行家里手。半岛上有许多这样的人,他们的一辈子劳作就为了北风吹出的葡萄香气,为了人们口中的甜汁和酒厂的佳酿。他们因为日日操劳而变得肤色黧黑,脸上闪着光亮。

如果一个读书人做了葡萄园,那可能也是上上之选。为了不致太孟浪,这样一个人最好和老葡萄把式合伙干,这样才稳妥一些。这种工作不像想象般的浪漫,它甚至一点都不浪漫。这是一种辛苦的农活,也是技术含量很高的园艺。如果只看到一片茂盛的葡萄树而忽略了其中的奥秘,那就太天真了。以为施用了充足的肥水就可以享用适时而至的收获,那也太过奢望了。这是古老而神秘的种植,从地球的另一面算起,关于它的记载汗牛充栋。

圣卷典籍上的尤其要注意，那些神圣的记录不可不牢记在心。

葡萄园会被学贯中西的人士看成某种象征。这个意思自然是存在的。这不是书生意气，更不是偏见。有葡萄园的地方该有完全不同的气氛，似乎属于另一种生活。这种生活质地甚至在现代工业化浪潮中也无法改变。

大量收获物都运到了酒厂。这是葡萄的合理归宿。也有一部分运到了鲜果市场上，由包着头巾的妇人看护和照料，向客人时不时地夸耀。葡萄产自哪片园子是重要的，葡萄摊前的人从不忘申明这一点。

有一些很大的园子工业化的痕迹很重。这除了它与酒厂有一种联合的关系，再就是整齐划一的机械化操作、一望无际的矮架，一切都给人这样的感觉。现代化的工业生产形式将古老的葡萄园的诗意冲洗净尽，这里就像大农场上等待大型收割机的麦田差不多。

开进畦垄里的小型施肥机、一架架自动喷雾器，都向人展示了规模生产的最新方式。这样的葡萄园告别了古老的诗句，也从圣典记录中剥离了。

我们在心底奢求的那种葡萄园还有吗？它在何方？

在半岛地区的确还有一些小型的葡萄园，它们安安静静地待在一些角落，同样茂盛或更加茂盛。由于拥有园子的人往往把这里当成自己的家，所以总有一幢不大的屋子，有水井，有堆房，有看护园子的狗和无所事事的猫。这儿鸟雀比较多，它们好像更喜欢这里的烟火气，这里的错落有致。它们或许在这里看到了古老记忆中的园子。

小型的葡萄园一般并不使用大中型机械，所以并没有统一的矮架，而是矮架与高大的棚架兼备。比如那些园中的宽道就由高高的棚架罩起来，这样既可通行车辆又可收获果实。这样的棚架使园子看上去更加神秘庄重，增加了层次感和立体感，绝不像一片矮架那样单调、一览无余。

一座园中小屋就紧依在一道道棚架旁，与童话中的情形差不多。绿色移到、攀爬到高处，人们可以更好地享受它的荫护。夏天和秋天都是这里的好季节，园子凉爽、繁茂、朴素而静谧。每一座这样的园子都有花椒之类的矮树围成的栅栏，上面还有密密的蔷薇或凌霄。这是一道厚实的彩色镶边，加强和美化了一座葡萄园的概念。

侍弄这样一片园子，因为更多地依靠传统的手工，所以会更加辛苦。这辛苦本身也透露出一点古典信息。辛苦是愉快的组成部分，正像劳动是幸福的组成部分一样。

夜晚，点亮一盏桅灯，在小屋的白木桌前记下一些文字。粗手捏住小小的笔杆有些吃力，但显然更加有力了。一笔一笔画在厚厚的笔记本上，像是用刀子刻字一样。许多事情需要写下来：园子里的事，往事回忆，某本书，对朋友的思念，愤愤不平的心绪。很多很多。

只有葡萄园而没有记述，这对于某些种植者来说是极大的缺失。除了夜晚还有雨天，只要是不适宜在园里劳作的时刻，种植者都要在屋子里书写。

消逝的灯火

现在的灯比过去更亮也更多了。城街的灯璀璨逼人，形状各异，是现代城市最得意的装饰，已经超出了实际照明的需要。这是一种浪费，还是适得其所的艺术，还得好好讨论一下才好。

增多的灯饰使一切场所变得更亮，在给人方便和享受的同时也似乎有了另一种不适。白天无阴之日就已经很亮了，夜晚如果太亮，就使夜与昼的区别减小了。我们还会想念朦胧的灯火，想念街巷里的阴郁感。大树滴着夜露，月亮爬上来，地上的一层荧光。这一切都会被强大的现代照明给破坏。

另有一些灯火消失了。它们曾经也是先进和文明的象征，不久又成为落后的代表。煤油灯，罩灯，桅灯，油气灯，它们当年使人产生了多少惊喜，连关于它们的回忆都是温暖和亲切的。

在野外，那些远远闪亮的灯火可能是看林人的煤油灯，也可能是鱼铺老人的桅灯。在瓜田里，看瓜老汉的灯也是桅灯，它就挂在草铺的柱子上。神秘可人的夜之原野，有多少美好的感觉是源自这些闪烁的、若有若无的灯火？如果没有它们，那么原野就是空洞的,没有眼睛的,没有召唤的,没有希望的。

夜晚的点点灯火从遥远处透出来,那是多么好的安慰和期许。只要走近它就有故事,有水甚至有吃的东西,有未知的一切。孩子们像天上的星星一样单纯,他们不会过多地想到其他危险,而只会热情地兴冲冲地走过去。如豆的光明也有更大的感召力,他们只需迎向它。

鱼铺里的老人是最有意思的,他们让童年百读不厌。老人日夜伴着海浪,听着噗噗的声音,孤独了只会抽烟喝酒。太孤独了,所以他们的酒喝得太多,烟也抽得太多。他们的酒气直顶人的鼻子,见了小孩子两眼发亮,像打鱼的人发现了大鱼。他们捉住小孩,想让他哭。小孩不哭,他们就掀开羊皮大衣,把他收到衣襟内,然后往他头上喷出浓浓的烟。一番捉弄之后,小孩就哭了。为了哄得小孩止住哭声,他们就拿出鱼干和地瓜糖之类,小孩就笑。之后就是讲故事,讲有头无尾的妖怪的故事,小孩又吓哭了。

看林人的铺子比鱼铺高爽,主人个个有枪。他们的故事总是与枪有关。这些人的枪筒子上堵了一撮棉花,这个印象让人永远不忘。看林子的人身体比鱼铺老人强壮,因为他们常常要离开铺子去林中追赶什么。这些人到了夜晚就把大狗唤进铺子里,让它挨紧他睡觉。大狗偶尔抬头谛听,嘴里发出一声:"呣!"主人就丢下一句:"毛病!"大狗于是又垂头睡了。主人讲故事时,大狗又抬起了头,听着,再高一点抬头,叫:"呣!呣呣!"主人于是说:"又来人了。"他迎出一看,又来了几个少年。

瓜铺里的老人烦烦的,把一切夜间来玩的人都当成不怀好意的人。他们吝啬至极,这是职业的特征。来的人逗他说:"口渴了,给咱点水喝吧!"他说:"喝水水不开。""那就给咱个瓜吃吧!"他恶声恶气的:"吃瓜瓜不熟!"不过他偶尔也有高兴的时候,那会儿整个人就像全变了似的,轻手轻脚出去一趟,回来时就抱着一个又大又亮的瓜。在灯光下,这个瓜真好看,还散发出浓浓的香味。他不是用刀,而是用拳:嘭一声将瓜击碎。不规则的瓜片格外甜。看瓜老头说:"知道吗?瓜一沾了刀,就有一股馊味儿。什么都不能沾铁器。"

桅灯是野外才有的,它不怕风。它挂在木柱上,提在手上,无论怎样都让人喜欢。

我有三十多年没有见过桅灯了。

一些美好的树

相信人人都有关于树木的记忆，或一片，或一棵，或几株，是它们的故事和印象，甚至是一份情感。它们大半在远处，在依稀可辨的遥远之地，或早已经模糊了，消逝了。

一些美好的树留在了昨天，在原地，而我们自己移动了。有时候正好相反，是我们自己留在了原地，而树木离开了，不见了。

总之，我们与它们的故事，是分别离散的故事，是伤感的故事。这种分离往往是人间最不幸的，它或许根本就不该发生。想想看，当我们离开一片土地很久之后，归来时一眼又看到了它待在原地，那是怎样的欣喜。这时会有一句滚烫的话在胸间泛动：又回来了。它像昨天一样沉默、含蓄、深情，也像昨天一样细语和注视。你想听清它的每一句话，你抚摸它，亲近它。它从不主动对你说些什么，现在仍旧如此。但是它镇定自尊地站在那儿，满怀期待或一无所求。

我还记得少年时代的那片白杨。它们高大，洁净，挺立在白色的沙滩上。每一株都英姿勃发，树干粗粗的，泛着鸭蛋青色，叶片油亮。它们相互之间并不密挤,而是恰到好处地疏离,相距有五六米或十几米不等。它们组成了不大的一片疏林,自成一个世界。这是我度过了许多美好时光的地方,我迷恋关于它们的一切。冬天,春天,夏秋,它们都有自己的故事,自己的表情和模样。洁净的沙地上偶尔走过一只小虫,它在树下徘徊一会儿,然后就沿树干爬向高处。蝴蝶飞来了,从这一棵飞向那一棵,亲近过一株白杨才离开。有五个大喜鹊窝建在了树顶,这些一尘不染的大鸟与这些白杨是最好的朋友。牵牛花开了,一朵朵仰向天空,似乎要与高大的白杨对视。

如果穿过这片白杨树往西北方向走,大约是五六华里的地方,还会遇到七棵高大的橡树。人们都说这七棵树是年纪最大的了,到底多大年纪谁也不知道。它们是兄弟七人,从很远的地方走啊走啊,一直走了几千里,直至看到了这片沙滩。它们大吸一口清新甘甜的空气,看看脚下和四周,决定就生活在这里了。它们驻足不前,从一棵棵不到碗口粗的小树,长成了如今这样的苍劲大树。它们不像白杨那样笔直,而是略带弯曲,看上去就像探身说话一般。它们相距也有五六米的样子,每到了风大起来,就要大声地费力地说话。它们是兄弟,它们总是有说不完的话。

在我的心目中,没有什么树比橡树再严肃的了。它们黑黑的粗粗的皮肤,说明这是一种在风霜里毫不畏惧的生命。它们一律都是男子汉,刚直,坚定,眼神沉重。树木像人一样,有目光。我试着感受过不同的目光。柳树的眼神是顽皮的,白杨的眼神是温暖的，槐树的眼睛是闪烁的。橡树有时严厉地看着我，让我小心翼翼地挨近它，或退开一点。但我喜欢它们，有些离不开它们。我每隔几天一定要来看望这七棵橡树。

我们居所正北方是园艺场。在场部的边缘那儿有东西一排大银杏树。它们奇异而旺盛，漂亮极了，那么神奇的叶子，简直是画出来的一样。我看过了多少树木的叶子，就从来没见过一种叶子像银杏的一样美丽。每一片叶子就像一面小小的扇子，又像一只小巴掌。它有均匀的掌纹，有涩涩的手感。银杏的表情就来自叶子，这叶子是娟秀而羞涩的。

银杏树从第一眼看到就是那么高大。它们一定是先于我很多年来到这片沙滩上的，那时这里可能是清静的，没有多少人烟的。它们见证了这里的一切，将所有的故事都记在心里。我不知道它们与那片白杨和橡树是否互通消息，只知道不同的树林是难以相见的，因为它们无法像人一样移动，只要生在了哪里，差不多也就要待在哪里一辈子，直到生命的结束。

我认为银杏树全都是女性。它们温柔细腻，有和善的面容。它们的身材高爽而美丽，几乎比人世间一切生灵都要好看。是的，植物和植物、植物和动物，所有的都可以比较，比性格，比容貌和身材，比力气和品德。当然这种比较是十分困难的，有时真的难以判断。比如一只洁白的小羊和白杨之间，它们谁更洁净和可爱？再比如一头青牛和一棵橡树，它们谁更有力和顽强倔强？还有，我们班新来的女老师，她不知为什么越看越像一棵银杏树。

在离我们家不远处有一棵紫叶李。它长得有屋檐那么高的时候,简直茂盛到了极点。叶子浓浓的,枝条疏密有致。我几乎每天都要从它身边走过,除了高兴也没有什么其他的感觉。可是这一年夏末的一天,大约是黄昏时分,我正从它的西面走来,当走到它的旁边时,突然就将脚步放慢了。我在看它,渐渐一动不动了,我觉得它太美了,太可爱了。我这时才意识到:我爱上了这棵紫叶李。

一连许多天,我都要远远近近地望向这棵紫色的树。我甚至觉得我们之间彼此拥有。我有许多话要向它倾诉,而它也不停地向我诉说。我在依偎它的时候,感受到了来自它的痒痒的抚摸。那时我已经清晰无误地明白了,这是发生在人与树之间的一场爱恋。这也算初恋。

时光飞逝,转眼十年二十年过去了,三十年四十年过去了。我走向远方,树木们留在原地。我向它们告别,然后一步步远去。我在几年后也曾回过那片沙滩,那时就有一次难忘的相逢。后来我越走越远,返回的机缘越来越少。我在异地他乡想念着那些树。

我特别想念那棵紫叶李。

我想念我的白杨林,七棵橡树和一排高大的银杏。我想念所有的树。

直到有一天,我又一次归来了。这是可怕的遭遇,因为那无边的沙滩上所有的一切都在改变,时代之劫终于开始了。我看到了塔吊、围墙、人流。唯独没有了树木。荒原被剖开,一条条壕沟里是铁锈色的水,让人想起血汁。那棵紫叶李早就没有了,我甚至无处指认它原来的、具体的生长之地。七棵橡树没了,一排银杏没了,一小片白杨没了,一切都没了。

那些可爱的树都没有了,它们因为完美和正直,所以难以存活人间。人世间的杀伐是如此惨烈,以至于没有留下什么。当几十年过去之后,谁能在故地找到记忆中的大树?一片,一株,一丛?都没有了。

管理一片林子

看来我这一生是没有这样的幸运了。人生来可以做许多工作，它们对于一个人的意义是多么不同。比如说如果有这样的机缘，我能否拥有和管理这样的一大片树林？拥有是一种自由，是为了更好地管理；不拥有而管理，那也不错，但会发生与管理者的意志相去很远的事情。那将十分痛苦。

这片林子很大很大。多么大？开车或骑马走上一会儿才行。树木很高大，树种很杂，有的地方稀疏，有的地方密挤，密挤处望上去黑乌乌吓人。有林中空地，那是到了冬天泛出金色的草地。

所有的植物都长得健硕生旺，因为这片土地太肥沃了。剖开泥土就是油黑发亮的所谓膏壤，有一种沃土才有的美感逼近。林中气息厚重而沉郁，是大林子大树木大沃土才会滋生孕育的，走贫瘠之地是绝不会有这种嗅觉感受的。

柳树林有一种闲适感，让人想起春天，想起朴素的民居和不远处的庄稼。松树沉穆踏实，冷，和冬天的意象混在一起。多么好的威严的大橡树，至少有五十年的树龄，苍黑的枝干给人无以匹敌的力量感。没有大橡树就让人想不起北方,想不起严肃的辽阔的北方。最美的树木大概是白杨,它的挺拔和树干的颜色,都像青年英气勃发的一个。白杨既不过分严厉,又没一丝嬉闹,温煦而庄重,是最舒展最优雅的树木了。

这是一片北方的树林,大部分树木冬天都要落叶。在秋天的苍凉里,如果没有风,就会感受一种异样的肃穆。即便是夏天,浓重的荫色深处也不会有令人烦恼的湿热。林子里时常看到深棕色的兔子,还有在枝叶下闪烁一双美目的狐狸。黄鼬胆子很大,许多时候并不怕人,在离人十几米远处提起一对前爪观望。野鸽子在远处鸣叫,这使林子变得更加幽深。

有一条浅渠从林子里流过,清澈见底,渠边长满了长胡须般的草叶,那里藏了各种鱼。一些大一点的鱼如河鳗在渠底无声滑过,水面的小蜻蜓循着鱼迹飞过。渠水在最茂密的杂树林那儿拐弯,旋出小小的半月形的沙地。这片沙地洁净得一尘不染,是最适合驻扎帐篷的地方了。

在不冷不热的中秋,一顶小帐篷坐落在渠边。帐篷里有折叠床,有一些日用杂物,有老茶和烈酒,还有一只装满了书籍的木箱。在帐篷处边一点,离开渠水三五米的地方有一只炉灶,它用来兴炊。老茶煮得发黑了,浓浓的香气一直飘进帐篷。

帐篷离林中小屋有六华里。那座小屋才是主要居所。小屋由老树桩做墙,内壁涂抹了厚厚的草泥;屋顶是苫草做成的,风雨把它洗成了苍黑色。院墙由碗口粗的木桩和砖块一样厚的木板围起来,将小屋和一旁的堆房绕在一起。鸡舍也离得不远,它们需要依傍着主人。鸡舍旁的一条小路连接起一片空地,那里是一个打理得很好的菜园,里面的豆角和韭菜长得油旺旺的。

在这片树林的东南部,有一块更大些的空地,那里经过了几年的操劳,已经成为一个人人羡慕的葡萄园、一个小果园了。这是林子里的大芳香和大甘甜,是让林子主人最骄傲的地方。主人有几个帮手,这些人和他的家里人是同样亲密无间的。从形貌上看不出哪个才是主人,因为林中生活让这些人变得皮肤一样,黑中透红。他们都常常打赤膊,绑裹腿,手粗,眼亮,口角常常被野果染上颜色。

在靠近葡萄园处有另一处稍大些的屋子,它也是草顶,只不过是粗石做基的泥墙,窗户开得也大。原来这个屋子除了住人,还包括一个小小的葡萄酒作坊、一个豆腐房。一条和善的大狗在屋子近旁走来走去。

因为要在这片大林子里做没完没了的工作,所以每个人都很忙碌。这种忙碌也使他们心情愉快,只偶尔有些小厌烦,比如不小心被马蜂蜇了、一些有害的杂草疯长之类。常常有一些外面的人走入林子,他们一般都是采药人、养蜂人和猎人。猎人是不受欢迎的,结果总是被不无严厉地劝走。还有采蘑菇的,这些人都受到了和气对待。其实在林子里常年劳作的人最擅长采药之类,他们知道怎样医治自己的病,很少到林子外边求医。

在外来养蜂人的帮助下,林子主人也有了几箱蜜蜂,于是也就有了吃不完的甜蜜了。

他们还尝试过做了个很大的暖窖，这样就能在冬天栽种嫩绿的蔬菜了。除此而外，还试种过茶树，结果失败了。

说不定什么时候会有一两个有趣的客人。这些人来自天南海北，大致是主人的朋友。他们需要和林子里的主人席地而坐说说话，或者在木桌旁喝茶聊天。最受欢迎的礼物是客人的新茶和书，主人回报的大致是蘑菇和草药之类。

那条日夜不息的水渠在林子北部积起了一个大水潭，经过林中人几个季节的挖掘修整，已经成为一个水面开阔的小湖。湖边林木葱郁，湖心水浪微微，时不时还有跳鱼。夏天的小湖是大家的最爱，几乎每个人都能横渡湖水，顺便逮一两条鱼回家。小湖中有蛤蜊和毛蟹，有细细长长的银鱼。

林子主人有忠诚的大狗，还有顽皮的猫儿。猫儿分别在主居所、葡萄园屋安家，还随主人蜷在帐篷里呼呼大睡。这是林子里最幸福的生灵，它一天到晚工作清闲，尽情玩耍，爬树或钻灌木丛，有吃不完的东西。所有的猫儿都洁净、聪慧、有一张俊俏的脸。

春天繁花，夏天浓绿，秋天果实，冬天冰雪。比起前三个忙碌异常的季节，冬天的林子要悠闲多了。不过在北方的冬天，的确需要好好对付这些极严肃的日子。大风吹拂几天之后，严寒就凝结在白杨树梢了。大橡树愈加沉默，它们脸色如铁。柳树、白蜡树、火炬松、苦楝、洋槐，都抱紧了自己的衣服。

渠水结冰，一路结到那个小湖。小湖亮闪闪的，真的成了一面镜子。林子里的人有一两个会滑冰的，他们试着滑到湖心，听到嘎嘎一响，又赶紧滑向岸边。

小屋是不怕严寒的，因为里面有一个泥坯垒成的大炕，它连了灶口，并且有长长的烟道通着墙壁的空腔。灶火燃起来时，半个墙壁都是热的。灶口上滚动沸水，煮了糯香的吃物。白天在暖融融的屋子里喝茶，讲前三个季节积累的故事，真是惬意之极。冬天的夜晚太长了，这样的时光被一盏桅灯照亮，让人尽情享受。该把自酿的米酒和葡萄酒端出来了，还有自制的鱼冻和香肠。

身上的热力

从心上漫开来，继而涌遍全身的一股热力，会让人坚持和不倦地去做一件事、做成一件事。这种热力是由生命力的强弱来决定的，拥有强大的生命力，涌遍全身的灼热感就会频频出现。这也可以看成是生命的冲动。但冲动的性质和结果会是不同的，强有力的冲动会把一个人的行动推向很远。

随着年龄的增长，人会变得沉稳和迟缓。一般来说年轻人是更长于行动而少些顾虑的。从生理上讲年轻的心脏推动血流更有力，生命还是簇新的，外部的世界也是簇新的。一个人在渐渐走向衰老之后，会涌起多少年轻的记忆，总是回忆翻过的一座座山岭、跋涉过的一条条长路。

为什么要动身？就因为心头一热，再也不能停息，于是就行动起来。去结识、去倾诉、去辩论、去劳作、去寻找、去歌唱。汗水浸湿了浓密乌黑的头发，迎着冰凉的北风毫不畏惧。这就是青春的优势，青春很少叹息。

还记得那些黑漆漆的夜晚，因为月光还没有升起，所以丛林和沙地显得神秘吓人。听多了鬼怪故事,认定所有的鬼怪都会在这样的夜晚出现。可是心口发热,这热力一点点散到全身,当从胸部扩展到双腿双脚的时候,就再也按捺不住了。

不管随时可能从黑暗里溜出的鬼魅,也不在乎荆棘刺破双腿,翻过一座座沙岭,穿过一片片丛林,还要过一条河,去对岸找一个能够聆听的人。这个人是少年伙伴,他能够欣赏我刚刚写出的这篇文字。

一路上想象着灯下诵读和倾听的情景,那是多么有趣又多么幸福啊。不记得还有什么比这样的经历更诱人,它可以深深地吸引我,并让我久久地记在心底。

因为走得急促,我的衣服很快汗湿了,头发粘在前额上。月亮刚刚升起,黑影处有什么沙哑地叫了一声。不知是否看花了眼,好像有一只大鸟扎到了旁边的灌木中。天上的星光渐渐稀了,这个夜晚清明极了。

终于踏上了窄窄的独木桥。这小桥滑滑的,走到中间就颤颤悠悠的。因为心急和兴奋,我几乎是跳着跑着过了河的。

小村紧紧伏在河岸不远处,差不多没有什么灯火。我多么喜欢这样的小村和夜晚,甚至喜欢它的气味:有一股白杨花的气息从小巷里飘出,一直钻到鼻子深处。鸡鸭入窝了,它们为了缓解一天的辛劳而不断发出哼哼声。狗打哈欠的声音尽管不大,但十分清晰。猫在院墙上守候了一会儿,开始扭动着走路,偶尔止步,自信地望着远方。

敲开了朋友的门。啊,不吭一声,一只手搭到肩上,就接通了最隐秘的暗号。我们急急地奔到小屋的东半间里,脱鞋上炕,炕上有一面小木桌,桌上是如豆的油灯,我们盘腿相对坐下。

我读起来,声音不高,就像深夜里的溪水在流淌。他垂睫倾听,一会儿发出轻到不能再轻的一声:"啊!"他的嘴巴微微张开,露出稍大一点的门牙。我只停了一秒,然后又让溪水流动起来。

当诵读完毕的那一刻,我已经知道了他将说出的一切。他的话在腹中跃动时,我就能一字不差地捕捉它们。这事多么奇怪,可差不多是真的。他赞叹,重复我说过的一些句子,找出我自己最得意的字句和段落。我知道,任何有趣的字眼儿和意思,都别想逃过他的耳朵。有时我想把最好的东西藏在文字的丛林里,再盖上一层茅草,可是一切都没用,他全能翻找出来。

这是少年的至宝,彼此都将对方作为至宝,珍惜,庆幸,依赖,羡慕。真不知道人世间还有什么能够抵得上这种相知和友谊、以及这一切的价值。一人因为感激和幸福,鼻尖上生出了汗粒;另一个在特别的冲动中,使劲扭动着双手。

夜深了。但是必须离去,因为第二天还要起早上学。再说家里大人一旦发现孩子彻夜不归一定会分外焦急。

就像去的时候一样,回程再次经过那条河、那些起伏的沙岭,还有丛林。不过最大的不同是月亮更高了,整个大地都笼罩在晶莹的光色里,而且四野愈加安静了。

我心上充满了异样的感觉,这是语言难以表述的压抑了的冲动，一种表面上的满足和平静。我正为自己的创造而自豪和得意，并像一个领取了最大奖赏的人那样，用自信和欣喜的目光打量周围的一切。

道德楷模

几十年之后,我再次回到这个镇子。街巷变化不大,这让人一下想起往昔。匆忙的生活让人无暇回返,甚至连思绪也要紧随脚步。我熟悉这里的人和事,许多故事在短时间一齐涌入心头。这是一种热辣辣的感觉。

镇子上中年以上的人才认识我。这里出现了这么多青春的、陌生的面孔。于是我只能和中老年人说话,共话当年。那些熟悉的人和事成为今天的话题,说了一件又一件。令人神伤的是,那么多人死去了,他们已经永远离开了这个镇子。这是我始料不及的。扳指算一下,他们的年纪的确不小了,大约在六十至七十之间,个别是八十岁左右。

可是我发现有一些年纪更大的人还活着。这其中的几个还出现在街巷上,张大嘴巴看着我,然后就笑了。他们的笑容还像昨天一样顽皮。这些人的记忆力都很好。

在镇子上度过的第一个夜晚久久不能入睡。我在想往事,想那些离开的人。我后来突然觉得有什么不对劲,就打开灯坐起来。

我在想：真是奇怪啊，这简直有点巧合了。我发现那些离开镇子的人，大多都是中规中矩的人，他们口碑很好，受人尊敬，可以说是镇子上的道德楷模。而今天仍然健在的几个老家伙，当年都是令人厌恶皱眉的。这几个家伙几乎个个不太正经，时常流出不雅的传闻，简单点说就是有"生活作风问题"。可就是这样的几个人，他们尽管年龄这么大了，还要赖在这个镇子上，久久不愿离去。

如果说生活中有太多的不公平，那么这个镇子就是最好的例子了。平时常说的一句话是"仁者寿"，难道这几个行为不端的家伙是"仁者"吗？

我想不明白。

遗弃与忠诚

黄昏时分的岔路口,有一只土黄色的小狗在遥望。这是一座矮山,石砌的三岔路口上,这只小生灵在专注地望向一个方向。它大概记得主人是从那个方向消失的。它望得那么专注,歪着头一动不动,以至于我们叫它第二声时才转脸看了我们一次。它依旧定定地望着原来的方向,竟丝毫不顾我们怎样从它身旁走过。

我在不远处观察了一会儿,认为一定是它的主人让其待在这儿,他(她)要离开一会儿。我们疑惑的是,这位主人为什么要让它独自等待?要知道它和儿童是差不多的,如果在山野上独处的这段时间走丢了或被他人领走了怎么办?我们还不忍心想别的,真的没有想过它会被主人遗弃在山路上。我们的同类会做出这样的恶行,但最好先不要这样想。

我们往前走去,在山路上游玩了一个多小时才转到原路。我们发现那只小狗还待在原地,还在望向那个岔路口。我们终于怀疑,可能是主人把它扔在了这儿。那个可怕的时刻主人也许欺骗了它,让它先在这儿待一会儿,说自己很快就回来,然后就溜掉了。

它于是等下去。它牢牢记住主人还会返回。它以为人类像自己一样,一定会信守诺言的。

我们仔细端量了这只狗。它的体量比中型狗小一些,已经成年,也许有两三岁了,总之是很成熟的样子。严肃,善良,无助和可怜。它很有自尊地看看我们,然后仍旧看着那条岔路。天色很晚了,山路上已空无一人。

在它身旁耽搁的半个多小时里,我们开始讨论怎么办,是不是将它领回?当我们之中有人试图这样做时,它严厉地表示了拒绝。

它还在等待那个人,等它的主人践行诺言。

来了一群大清的人

比我年长四五岁的朋友告诉了我一个令人吃惊的故事,这是他亲自经历的,没有一丝夸张的。

他说,有一年秋天,是初秋,天还有点燥热,六七岁的他正在一家路边饭店里玩。那饭店空空荡荡,食客不多。大约是接近中午时分,突然杂杂沓沓进来了一帮挑担子的人,一色中青年男子,都很壮实。他再次注目立刻有些惊讶,还有点小小的害怕,因为他看清了,这帮人打扮差不多,老式布扣衣褂,宽松的黑裤;最主要的是个个剃光了前额那儿的毛发,扎了长长的独根辫子;这辫子有的缠在颈上,有的搭在背上。

他这样端量时,店里一点声音都没有。所有人都在看着这群客人,见他们轻撂担子,擦汗,坐下来准备吃饭。旁边有人半晌才轻轻吐出一句:"大清的人!"

这一伙打扮完全是清朝式样的人不是来自舞台,而直接就来自现实之中,这在现场的所有人看来都是新奇而怪异的。听口音这伙人其实并不远,问了问,原来来自泰山周边的山村。

我的朋友说，他和身边的几个人好奇极了，一直盯着这伙人，看他们怎样吸烟、买饭，怎样说话和吃饭。他发现这伙人礼礼道道的，互相像敬酒那样举碗，然后才喝下一口白水。这些人不太笑，嗓门也不高，话不多。

后来时间长了一点，他和几个人才试着问他们话，这一问才知道是进城担东西的。他们常年住在偏远的山村里，那里交通不便，这回是头一次被人领出来。原来在当地，许多人都是这样的穿戴，所以这对他们来说一切都是自自然然的。

这个故事让我久久难忘。像朋友说的那种装束，而今只有在电视剧中才看得到。这真是不可思议。要知道朋友口中的那个场景，就发生在20世纪50年代初的济南，具体点说是靠近城市西郊的一家小吃店里。

这使我想到了服饰的演变，它的许多诡谲之处。服饰与方言古语一样，只保留在商业文化活动不够剧烈的偏僻之地，在那里留下几处标本。时间在那里不是停滞了，而是大大放慢了。

不同的时间流速，使历史的印记更清楚有序地展示出来。不同的印记叠加在一起，让匆忙的历史从容一些，驻足观察的机会也就来了。

比如说，除了大清的人拥入50年代的街头，更早的人可不可以？如果仅从观感而论，我们不少人都喜欢明代的服装，赞叹它的五光十色、华美和大方。我们街头出现一些明代打扮的人，且又不是为了表演而来，那该是多么美、多么动人。

看来这是不可能的。人总要趋新就时,要跟上时尚,只要时新就是美,美没有什么固定不变的客观标准。人如果能真正自由地选择,真正独立持守地生活,将是难而又难的事。

仅仅就服饰打扮来说,人也不是自由的。

一位兄长

因为一次工伤,他成了瘸子。那还是十八九岁的时候。这个英俊的青年从一个大工业城市回到了故乡,可能认为一个伤残之人更适合生活在乡村吧。这种认识大概是一种错误。反正万般辛苦都让他经历了。他的一生实在是不幸的。我认识他的时候他已经二十多岁了,真正算得上一位兄长。他结婚很晚,主要原因是他长得十分俊美,但却是一个瘸子,这就有碍于农事生产,所以极不利于婚配。他虽然伤残,但人还没有彻底颓丧,心气也算高,在择偶方面也就挑剔了。

这位兄长的女人肥胖和善,面庞淳朴,大概这是最可爱的方面,也由此而博得了男人的爱护。他们一生相伴相持,非常和美。

但是这并不意味着这位兄长的始终专一。随着日月的延长,风气多变,风俗也不尽相同,喜欢兄长的女子终于不少。她们与他交往和爱恋,因为没有了不利劳动生产的担心,只专注于爱的本身,所以也就觉得这个男子卓越了。男女之爱没有附加地位及其他条件,这爱也就单纯了。于是这位兄长在海边,在河的两岸,都有一些爱慕者。这些女子在许多年后议论起他,还咂着嘴说:"那真是一个好人!"她们越是到了年长,越不忌讳什么。

这位兄长善良,自尊,热烈,拖着一条瘸腿在人世间寻找爱情的样子,许多年后都让我记得清晰。开始不知道是怎么一回事,最后才明白其目的所在。因为观念的不同,个别时候他会受到严厉的指责,这时他就表现出了巨大的痛苦。他不安而胆怯地问我:"怎么办呢?我!"我认真地批评他,自认为有责任保护他的贤妻,让她免受伤害。他叹息说:"我这方面到死才能改吧。"

对于善良的妻子,他无微不至地关怀,嘘寒问暖,唯恐她悲伤。她也多少知道男人的行为,却并不狠责,只皱着眉头对我说:"愁死人了啊。"

这位兄长因为青年时代在工厂工作过,所以对一切机械都表现出热情,也比大多数人显得内行。他懂电、拖拉机、压面机、钟表,对一切有齿轮的东西都大感兴趣。儿童的电动玩具坏了,必定要找他修,他会将一些小小的齿轮摊在桌上,非常享受地忙上半天。对于机械方面他确有专长,这更多的不是知识的多少,而是一种罕见的天赋。比如当时极为少见的手表戴在一位女教师手上,它坏了,对方就找到了他。没有修表的工具是不可能完成这次修理的,但这位兄长毫不畏惧地收下了它,然后闷在家里琢磨工具。我亲眼见他怎样打开了这只表,马上对复杂无限的精微内部感到了恐惧。我知道,这一次兄长遇到了大麻烦。

谁也难以想象后面的事情。兄长笑眯眯地看了一会儿,用一根细小的铁锥触动了一下，说："看到了吧，这么多小齿轮！"我听明白了，正因为齿轮多，他的兴趣才大，也变得信心无限了。他从一旁取出一个不大的油布包，打开它，是一小堆长长短短的工具，如小螺丝刀、小镊子、小钢针之类。他还取来一只长柄放大镜。从镜子后边看着他的眼睛，真是大得吓人，就像牛眼。

几天之后，手表修好了。他将手表戴在自己手上，去找那位女教师了。对方是因为丈夫出身问题遣返到农村的，从打扮到长相都美得出奇。兄长把修好的表还给她，她感谢了他。

后来我不止一次看到黄昏的光色里，兄长一拐一拐地陪女教师散步。他们竟然好上了。当我知道这个之后，简直吃惊极了。我第一次觉得兄长配不上女教师，因为对方不仅美丽，而且芬芳四溢。而这位兄长，在常年的奔波操劳中，已经相当憔悴了。他的指甲因为经常摆弄机械的缘故，差不多天天都是黑的。我表示不解，说："她怎么会同意、愿意？"兄长咬咬嘴唇说："这个，需要好好商量的。""这种事也能商量？""能，总能的。"

我因为上学和工作，离开兄长很有一段时间了。这中间回来几次，因匆匆来去并没有见面。大约相隔二十多年了，我总算有机会好好地看一次兄长了，问了问大吃一惊：人早不在了，他和妻子都不在了。

原来那位女教师随着落实政策就返回了城里，兄长失去了她。这中间他虽然也千里迢迢去寻过她，但总是难得一见。就这样，兄长的身体一天不如一天。他的妻子用各种好饮食滋补男人，结果还是无济于事。

在一个冬天,兄长去世了。他离世前手腕上戴着一只表,那是女教师赠予的。

夜　访

在荒野上有一座小土屋，它的四周光秃秃的，少树木，更无邻居。土屋平时静静的，无声无息。一天里的某个时候，会有一个老男人从屋里出来，在屋外忙些什么：搬搬屋旁堆的碎木，从屋前的土井里提一桶水。

这个老人脸黑黑的，戴了一个黑线小帽，嘴闭得紧紧的，看上去有些吓人。谁也不认识他，都认为这个不属于任何村庄的人太奇怪了。我们几个一直观察他的少年觉得，这人足够可怕。大家甚至打赌，说谁如果敢于一个人进到他的小屋，那就是极了不起极勇敢的；谁如果敢在夜间进屋，那更是了不起的。大家谁都不敢逞强。

我从未想过独自一人去小屋探险，因为这太可怕了，也实在没有必要。

怪就怪在有一天夜晚我走在月光下，不知为什么一抬头看见了黑魆魆的小屋，心里立刻痒了起来。我端量了一会儿，竟然不太畏惧地迎着它走了过去。

小屋没有围墙,只有半截豆角架子简单做了标界,走过它,就算进了小院。小窗上灯光昏暗,肯定点了一盏煤油灯。我在门口站了一瞬,然后敲了一下,还没等里面的人应声就推开了门。一股浓浓的煮红薯味儿。

老男人坐在炕上抽烟,好像刚刚醒过神来。他看着我,烟斗含在嘴里。他不说话,偶尔发出一声"哼哼"。我在离他三四步远的地方站住,没有勇气靠前。我并不知道为什么来这儿,只是想进来。

他从炕角端过一个小筐,里面是黑乎乎的东西。灯光下我努力看着,看清是小半筐炒煳了的红薯条,就是当地人所说的"地瓜糖"。它的做法是将红薯煮熟,然后切条晒干,最后放在锅里,埋入大量细沙炒熟。地瓜糖是过年时家家必备的,平时倒也少见。他的眼神送来鼓励,我就取了一个。地瓜糖在我嘴里咬得咔咔响。

他抽出烟锅,也捏了几个地瓜糖。

余下的时间我一边吃地瓜糖,一边端量这小屋里的一切。只有小一间,被一个大炕占去了一半。炕上是油滋滋的蓝被子,枕头。屋角有紫穗槐编成的小囤子,里面装了半囤红薯。有两只小木凳。还有一些不起眼的杂物,如一个生锈的老鼠夹子、一把小镰刀、一个玻璃瓶。好像再也没有别的东西了。

他咀嚼地瓜糖的声音真响。我这会儿觉得他的食物主要是地瓜糖。这就使我明白了,他为什么不到别处去,很少出门,也不需要邻居和其他亲人,因为他的生活是最简单的,只要有水、有地瓜糖就可以了。

在屋里待了一会儿,我终于坐在了那只小木凳上。老人一直看我,吸烟,不时抓一块地瓜糖放进嘴里。

我要走了。当我一脚踏进小院时,觉得外面的月亮真大啊。他站在背后,说:"哼哼。"

我离开了。刚跨出小院我就飞跑起来。跑了足有四五里路我才站下。我发现自己的衣服全都湿透了。回身望那座黑魆魆的小屋,它在月光下竟然微微活动,就好像一只大动物在呼吸似的。我搓搓眼,小屋不动了。

2014 年 7 月

辑二
/ 半岛渔村手记 /

序

  我对半岛东部是熟悉的。然而随着时间的演进,一切都在变化,也许仅仅离开了几年,再次踏上这片土地就会有一种陌生感,有的地方竟变得面目全非……从过去到现在,这里一直是北方最富裕的地区之一,因为这些渔村拥有长长的海岸线,自古以来就得益于鱼盐之利。而今除了传统产业,还有海产养殖和加工,物质积累日益丰厚。近四十年来海边出现了不少有名的富村,有的还顺应时势迅速扩大经营范围,成立起所谓的"集团"。

  那些财富积累比较快的村子,其发展过程并非一帆风顺,大多坎坎坷坷,起起伏伏。有的小村拼挣了几十年,最终成为实力惊人的"集团",拥有大型工副业生产基地,甚至还办起了自己的医院和艺术馆。但凡成功都不会偶然,这可以从村庄内部,也可以从周围的环境得到更深入的了解。

  如果在集中的一段时间里考察某一个"集团",而后再把考察范围扩大到许多自然村,就会在对比中鉴别,从它们不尽相同的演变轨迹,看到诸多差异和共同点。沿海岸线前行,从东到西一路走下去，将经历一些迥然不同的风景。这一路会让人感慨万千，同时也会收获无限。

每个富裕的村庄都有努力奋斗的过去，那当然是特别辛苦的，这其实正是他们的事业由小到大的一部发展史。剖析一些"个案"，将发现他们选择的路径不同，方向有别，最后的结局也就大相径庭。有的村庄经济实力虽然比过去强大了许多倍，但自然环境却遭到了严重破坏，对周边的伤害也很大，以至于常常引起众怒。就生活而言，健康和安全已经成为当代人的基本要求，所以半岛人对环境状况普遍看重，并且习惯于将当地经济发展与自然环境和人文环境联系起来评估。这是一个巨大的进步。

这更是一种时代的觉悟，是最值得珍视的社会成长元素。

另外给人印象深刻的，就是人们的忧虑和愤慨。有的村庄和个人是以极大地损害他人利益作为自身发展的条件和前提的，于是我们可以看到比较普遍的现象，即在一个富裕的村庄周围往往有更多贫困的人、不愉快的人。特别是自然环境，由于一个高速发展的村子搞起了许多工业项目，其中许多项目不宜在一二线城市做，这才得以落户乡村。结果是如此悲惨：方圆几十里都被搞得空气污浊，重金属污染，噪音污染，植被破坏，地下水基本上不能饮用，连灌溉使用都很难了。

显而易见，如果仅仅是看一个"集团"的"优越"，或许会心生乐观，但是将眼光稍稍放远一点，就会产生出极大的不安。

我们在半岛地区可以看到大大小小的"创业者"，他们是当年的特殊群落。一般来说这些人都颇有胆量，往往生猛而机智，有的在几十年的奔波中累垮了身体，早早过世。这些人一般并不缺少聪明，一旦受到某种发展前景和目标的激励，会不顾个人安危地往前突进。可也正是因为每个奋斗者的境界不同，胸襟不同，做出的事业也就不同，后果差异巨大。

推崇时代的富豪是容易的，让一双眼睛始终追求真实和正义却是困难的。显然，许多人追逐的是不义之财，实际上属于不道德的强者。

一个人在半岛地区的记录与写作，可以成为不断自叮和提醒的过程。一个民族的利益与民众的良好心情总是高度一致的，如果在求得自身利益的过程中破坏了许多人的心情，尽管取得了巨额财富，也一定是不值得吹嘘和赞许的。

从半岛地区的现状可以看出，这里的乡村正在走入一个新的发展阶段，这个阶段是非常关键的。民众对精神生活包括自然环境的要求与十年前相比变化巨大。这是互联网时代信息交流的成果：知道得越多，要求也就越高。他们不再听信那些唯经济论者的蛊惑，而是开始追求个人的生活品质，着眼于长久，关注事物的本质。就这一方面来看，对那些一直被某些人当成榜样的乡间"集团"，实在需要换一个打量的眼光。

汲取"成功者"的经验是困难的，把"成功者"身上不成功的方面区别出来，可能是更困难的。让我们试用全面与综合的眼光去打量这片飞速变化的海岸，获得一个理性的判断。

一路看来，随手记下。

开海节

四月,开海节到了。半岛东部渔村自古以来就有这样的节令。

随着天气转暖,海的颜色变了,风向变了,一艘艘船准备出海,所有渔村都跃跃欲试。最活泼的季节来到了。这个时段是从一个传统节日开始的,这一天的到来,预示着兴高采烈、巨大收获、忙碌快乐,更有新的希望。

节日之期相对固定,一切都以可爱的四月为开端。但时代变化太大,与过去不同的是,现在的这个节令仅仅是一个节令而已,它甚至让人有点儿尴尬:过完开海节只短短的十几天便到了禁渔期,所有的船与网都得收起来,一直苦挨到九月。

尽管如此,这个节仍然要好好过。每到临近的日子,人们还是盼望着,兴奋地传递消息,准备选择一个最好的村子去过节:并不是每个渔村都有这样的节日,只那些有海神庙的村子才会有。

海神庙通常建在海边,大多有千百年的历史。这些庙宇虽然不大,香火却很盛。到了开海节的这一天,周围村子的人一大早就朝那个方向移动。届时海岸张灯结彩,人山人海:除了附近村子赶来的,还有远处的人,有的甚至来自遥远的南方和北疆。

当地的旅游业者不会错过这个时机,他们从很早起就着手宣传开海节的盛况,所以近几年来声名远播。

我和朋友第一次参加这样的节日,心里充满期待。说来有点蹊跷,作为一个海边出生的人,我竟然从未参加过祭海和开海之类的活动,没有见过类似的场面。我知道,一般来说从这一天开始,海猎的大幕就算正式拉开了,渔港里的船只集结待命,旗帜招展,渔人在甲板上忙个不停,只待轰轰烈烈地出发。这样的图景是想象出来的,也是预料之中的,历史上的这一天肯定如此。

然而今天我们所看到的却有些异样:几乎所有的渔船都静静地泊在海湾里,船上基本上没有忙碌的身影,死气沉沉。从这里可见,出海打鱼似乎还是一件很遥远的事情。

但海湾旁的小广场上已热闹非常,正在做庆典开始前的最后准备。祈祷海神的内容虽然一如过去,但从形式上却变得华丽了许多:台子盛装打扮,四周有气球悬挂彩幅,台前安置了一溜大音箱。虽然如此,不过看上去还是觉得缺少了一些仪式的肃穆,笼罩的全是娱乐的气氛。这里即将举行的仪式与真正的开海,实际只有名义上的联系,已经蜕变为一场海边人的娱乐活动。

狭小的海神庙挤不下多少人,人们更多地拥挤在庙前的广场和近处的沙滩上。庙里的一尊神像是老旧的,岁月为其蒙上了深重的颜色,显得愈加神秘遥远,令人想起更为恒久的海边岁月:笨重的渔具,辛苦的渔民,不测的风雨……那些故事和传说堆积在四周，成为一部诠释不尽的历史。

海神庙前的巨大香炉由生铁铸成，里面的香柱粗过碗口，冒起的黑烟呛人眼睛，再加上噼里啪啦响个不停的鞭炮，想在这里多站一会儿是困难的。几乎所有人都掩鼻眯眼，涕泪滂沱，时刻小心地躲闪炸飞的鞭炮屑。

台上的高音喇叭响了，主持人上来，是一对手拿麦克风的靓男丽女。为了这个节令，主办者花重金从大城市请来了歌手。在四月凉凉的海风中，演唱者浓妆艳抹，抖着单薄的衣衫。他们演唱的内容与海猎无关，都是耳熟能详的一些时曲：爱和恨，思念和痛苦。

歌舞之后是拉网号子表演，这让我们多少振作了起来。粗犷的号子很快将人的思绪牵到往昔，让人想起那些风浪之搏，人与橹，船与网，腥风阵阵。领唱号子的是一位老人，他和一帮人都化了妆，穿了夸张的服饰，样子有些触目——描了浓眉，脸色酱红，这会儿一齐举起双手"啊啊"大叫。"嗨哟嗨哟"的声音节奏强烈，从调性到动作都有极强的表演性。这声声喊唱由大功率音响播放出来，震得人心打颤。我们努力想听清号子的具体内容，很难，偶尔听到的几个词是"盛世"和"大潮"。

当年的拉网号子是至关重要的，对于渔民来说，无论是拉大网或升大篷，都必须在齐整划一的节奏中完成。这种放声呼号能激励生命，摧发力量，强大的感染力无可比拟。只有铿锵有力的号子才会让人动作一致，汇集起巨大的爆发力。现在的海上劳作一般不需要这样的号子了,因为机械化作业使劳动形式改变了,海上号子只能作为一项文化遗产搁在那儿,供我们在一些场合里观赏。

这场拉网号子表演吸引了满场的人,风头超过了前边的歌手。台下观众随上呼号,不停地跺脚,使台上领号子的老人更加兴奋。老人显然难以控制自己的情绪,更加夸张地做着动作,一班人也紧紧跟上。

喊号子的人退场,犹如退潮。稍停,又上来一拨头扎红巾的舞者。大鼓擂响,似乎为新一轮高潮做着铺垫。鼓声停息,之后一阵冷场,但只沉寂片刻,就听到了一阵沉闷而遥远的声音响起。声音不大,并不让人注意,好像是从大海深处一点点钻出来的,一时无法辨清它究竟来自何方。

声音渐渐大了,显然在逼近。人们四处张望,看到几个穿制服的人推搡着挤来挤去的人群,开辟出一条弯弯曲曲的小路。这会儿大家都看清了:十几个穿了华丽服饰的男子从广场台阶那儿登上来,浅蓝色的衣服上绣了金线,烁烁发亮。他们抬着两支深棕色的大铜号,每支铜号足有一丈多长,那沉沉的声音就是它们发出来的。

两支大铜号缓缓地往前移动,海神庙四周一下安静了,只响着它们的呜咽。

大铜号一直抬到台下,这才放下来。号声一落又是一阵喧哗:穿制服的人再次把拥挤的人群推到一边。原来从台阶下又一次登上一群穿戏服扎红巾的人,他们这次抬来了最重要的祭品:每个门板上都安伏着一头剃得光光、染成朱红色的肥猪,一溜二十多头。它们被整齐有序地放在海神庙前,头朝海神像。这是犒赏海神的,是开海节的重头戏。围观的人发出赞叹,纷纷凑近拍照。

最终到了一个关键环节,即当地官员讲话。一个衣着考究的中年人,头发疏淡而齐整,两手按在小腹上,大声言说。由于场内外实在太吵了,根本无法听清所说内容。演讲毕,人们报以热烈掌声。

在整个开海节中,我们所渴望看到的那些历史悠久的传统内容也许全都包括了,也许已经远远离开了真正的传统。现在的人无法真正回到一种严肃的仪式之中,这里不是指某些程序的缺失,而是内在的品质。传统的气质与内涵正在消失,取而代之的是逗趣,是阵仗,是欢欢乐乐热热闹闹。

我问一位蹲在旁边抽烟的老人:"过去也是这样吗?"他点头又摇头:"现在的阵势大啊。贡品多了,上的香比过去粗,再不是那种黑细的榆皮香,如今的香比牛腿还粗!早年能有几头猪就算不错了,现在一家伙挑出全乡最大的肥猪,个头一样,头脸模样也差不多,嘿嘿!"

"那两支大号是老物件吧?"

"那也没有多少年,算不得古物。早先的大号没这么长,这是十几年前打制的,专门为了开海节。"

"以前也有歌舞表演吗?"

"没。那得使上银子从大地方请来。"说到表演的男女，老人大不以为然："海神不喜。"

"为什么？"

"太浪气了。"

"浪气"两个字多有趣啊，但这也无可避免，因为这个时期最不缺少的就是"浪气"，想躲开它可不容易，海神也只好多些担待了。

节目还在进行，好像一时完不了。烧成灰烬的鞭炮纸屑还在冒着黑烟，混合着浓浓的香火。在这里待下去不知要付出多少眼泪，我们实在无法忍受，就费力地挤到广场边缘，想到开阔的沙滩上呼吸一会儿。

路过台阶时要穿过各种各样的货摊，小贩们晃动着手里的商品大声兜售。花色繁多的贝壳，小蛤蜊和螺壳制成的饰物，还有琳琅满目的仿古玩器。几个道士站在旁边，手拈稀疏的胡须瞅着我们。我和一位看上去很年轻的道士攀谈起来，问他多大年纪，他说："我们道家不讲年纪。"

我们离开时得知，就在东面三十多里的地方，两天之后还有一个开海节：海神庙和庙前广场虽然很小，气派无法与这里相比，可是它的历史更悠久，所以也更正宗，更有吸引力。

到了那一天，我们仍旧一大早赶了过去。果然是一座更小的海神庙，看上去真的十分古老。我们都知道，所有规模小、颜色旧、其貌不扬的古迹，往往才是更久远更珍贵的。令我们稍稍遗憾的是，这里的开海节也像上次一样，烟火实在是太盛了，以至于稍稍凑近了就呛得鼻涕眼泪一大把。我们不得不掩上耳朵躲远一点。

这里扎起的台子要小很多，但表演内容大同小异。唯有一点让人满意，就是没有从远处大城市请来浓艳的歌女，所有节目都由当地人自编自演。当然，呜咽的铜号和血色肥猪仍是必备之物。周边围满了各种车辆，停车场水泄不通。不知哪来这么多新闻媒体，大小摄像机不止一台，人们的头顶旋转着拍摄吊杆，天空盘旋着无人机。这让我们明白，盛大的开海节当晚就会出现在电视屏幕上。

到处都在娱乐，因为我们实在寂寞。找一切机会制造庆典，以各种借口和理由：悲伤、喜庆、仪式、宗教，或庄重肃穆，或荒诞不经，只要解除寂寞就好。娱乐的熔炉可以熔化一切，把一切变成热乎乎软乎乎的一团。

两个开海节留给我们的印象都差不多：闹。我不知道海神会怎么看。不过海神即便不高兴，也依然会保佑那些出海的人。海神气量大，慈爱、宽容，有无边无际的怜悯。

水边蘑菇

走在海边,我们早已习惯了高楼林立。到处都是新建的现代小区,它们伴着碧蓝的海水和沙岸,让来自拥挤大都市的人看了满意,赏心悦目。这个世界变得太快了一点,海风吹拂之下,一切都在迅速改变,让人于诧异中又有些兴奋。

作为一个出生于半岛的人,对此地有诸多记忆,这时会不由自主地回忆过去:海滨的荒凉、质朴、贫穷,一些矮小的海草屋。不会忘记呼啸的海风,犹记不寒而栗的感觉。关于贫寒的岁月,回忆最多的不是炎热的夏天和收获的秋天,而是凛厉的冬季。

严寒给人留下惊悸,场景楚新。那样的日子是无法忍受的,每个人只想远远逃离,去寻找一个暖暖的小窝。忘不掉瑟瑟发抖的数九寒冬:漫天大雪,海风呼号。就是这样的风把人吹到远处,让人恐惧。半岛的冬天是最难过的,人们在这些日子里把取暖的东西看得比什么都重要,每一点烧柴都要堆积起来,准备过冬。关于严寒的记忆一生都难忘怀,那是故乡的疼痛。人离开了,走远了,好像就因为无情的冬天,是大风把人吹到了遥远的他乡。

许久过去了，离家的人想起亲爱的海角，还是要想到它的冷，想到呜呜响的海风。

如果想到海边的夏天，则是完全不同的心情。在白沙上嬉耍，在水中畅泳的情景，同样是最难忘的，而且常常用来对外炫耀。我们宁可让夏天代表自己的家乡。

时光荏苒，一晃几十年过去，而今就像变戏法一样，海边上矗起一个全新的世界。此处看到的一切，与异地城郭简直如出一辙：高楼，柏油路，喧闹……这里只有水和空气、透明的天空和白色的沙子，是那样不同。一切都太美了，我们会在啧啧称赞的同时，责怪自己回得太晚了：也许我们早该成为这里的常客，不，成为这里的永久居民，因为这里从一开始就是我们的。

沿着海岸走过一程又一程，走得久了，又会滋生出一点遗憾。这里模仿来的建筑太多，一片片，一幢幢，几乎与其他城市完全相似。渐渐地，我们也感到了拥挤和压迫感，心里生出了某些不甘。我们想让美丽的故乡有点不尽相同，希望她多少倔强一点。是的，这不是我们的海滨，这里被移植来的东西完全覆盖和遮蔽了。我们又一次搜寻记忆，发现这其中既有贫寒也有亲切，还包括了自尊。原来自尊中溶解了我们的个性，这些全都悄藏在战栗的昨天。就带着这种复杂的心绪，我们继续沿海岸往前。

走过一程又一程，有人突然驻足叫起来。大家眼前一亮：这儿格外安静，前边出现了一片肥硕苍老的海边"蘑菇"。当然这只是比喻，实际上那是一片海草小屋。啊，久违了，它一下就将我们拉回了几十年前,心上生出一种烫烫的感觉。

此刻挺立在眼前的小屋就是昨天,它唤起的感受却不再是可怜巴巴的寒碜,不是穷苦和贫困,而是热烫烫的亲近感……我们又找到了过去,找到了自己,找到了深埋心底的乡情。我们突然明白:这才是远远不同于远方的一个世界,是一个我们真正拥有的、最值得炫耀的地方。

以前好像从未注意过海草小屋之美。瞧!它多么丰厚啊,几乎把海岛石砌成的墙壁压得摇摇欲坠。海边人都知道,海草做成的屋顶寿命能够长达百年,远比现在各种先进材料制成的灰瓦和彩钢瓦耐久得多。脚下是深色海石砌成的巷子,踏着巷子向前,走进了一个深不可测的古老渔村。街上行人稀少,打听一下才知道,这个渔村已经申请了遗产保护,整个村子都变成了文物,上边有关部门会拨出专款维护它们。

走进小屋内部才知道,它从外观上看去质朴依旧,内里却经过了大力改造:抽水马桶、现代电器,总之,时髦物品一应俱全。

据说这些小渔村里每年都要拥入大量游客。有的区段还开辟出专门的"艺术村落",接待各种各样的画家、音乐家、作家和演艺人士。这些人免不了奇装异服,形貌迥异,有的男子脑后拖着长长的小辫,女子却留着板寸头。也有一些其貌不扬的家伙,沉默安静,木讷,看上去像呆子一样,据说那是更大的艺术家。那些大声喧哗的艺术家使小渔村有了生气,他们往往让当地人讶异,渐渐却又觉得再自然不过。

管理这些海边"蘑菇"的人告诉我们,那些外地来的艺人真是有趣,他们的古怪行为三天三夜也讲不完,"没有他们,这里也就完了。""为什么就完了?"对方答:"那就和原来差不多了。"可见当地人还是喜欢奇人逸事,希望在老旧的外壳内装下全新的东西,包括居住者。唯一让他们遗憾的是,这些海草房的空间太小,而且又不能拆毁重建。当年为了抵御逼人的寒气,房子不宜盖得过于高大,否则就没法取暖。现在解决取暖问题已不在话下,可惜小屋窄窄的,也就只好在这逼仄的空间内尽量摆布一些现代化设施了。

设计者经过精心盘算,让室内变得紧致和有趣,并且在形态上多种多样。就卧榻来说,既有席梦思,也有过去的火炕。记忆中火炕才是小屋的主角,到了冬天,只有它才能让人安顿下来。一个很大的锅灶连着火炕,兴炊的时候,火炕就会烧得暖暖的。如果是天寒地冻的夜晚,火炕下边还要塞满大量的秸秆柴草,让人一夜安睡。

有个艺术村的负责人是一位小姑娘,一笑露出满口洁白的牙齿。她笑嘻嘻地看着我们说:"老师,捐一些书给我们吧,咱有一个渔村图书馆。"她边说边引我们进入几幢小屋,里面果然摆了一些书,但数量还不够多。翻了翻,有相当一部分是应该扔掉的印刷品。我明白,这是那些想要处理垃圾书的人送来的。可是我们实在没有更好的办法收集更多的书,因为一般来说,很少有人会把自己珍爱的书送出去,那会真正心痛的:不到极特别的时刻,一个爱书人不会把自己珍藏的书送到外边，比如说送到海边的这些海草屋里。

我们心里有点矛盾。这里当然需要书，需要一个别致、美好的乡村图书馆。可是如果仅仅是等待捐赠，一座像模像样的渔村图书馆就永远也建不成。好像记得在别的地方也见过类似的书屋、图书馆，里面堆放的同样也有不少印刷垃圾。

书是美好的，人们歌颂书，把书当成文明的标志。实际上究竟有多少书籍配做文明的组件和载体，有多少书可以当之无愧地放在文明的殿堂里，还真的难说。这个存书之地十分朴素，海草小屋也非常可爱，如果让一些印刷垃圾玷污了，那真是太不幸了。我这样想，没有说什么。

我们无法使自己朴素，无法使自己内外一致地简朴下来，就像眼前的海草小屋一样：外部看上去似乎还是原来的眉目，内在的心情和思绪已经改变了，我们的心已被改造，它在追赶这个时代的潮流。这是无可奈何的事情，是一个人生悲剧。

前面巷子里响起了一阵喧哗，走近了才知道，那里正在举行一个揭牌仪式。"某某之家"又在成立，当地官员正陪同一些西装革履的人。摄像、讲话、致辞、剪彩，大家都彬彬有礼和煞有介事。我们只好绕开一点往前。

海边渔村渴望现代化，渴望这个世界所拥有的一切，学习、积累、寻求，追赶最时髦的东西。我们在向一个遥远的榜样学习，这个榜样的方向大致在西边，经过层层传递，最后来到东部沿海。

我们做过的一切似乎都没有错误,可是仍然觉得这一切还是不能与这水边"蘑菇"相谐配。就像它的内容和形式已经剥离一样,究竟该怎样,我们一时也没有更好的主意,没有高明的方法。我们只是知道,这片"蘑菇"太美了,它生长在水边已经有百千年,我们既想保留它,又想改变它。有时候,我们甚至想彻底摧毁它,然后由着自己的心性从头来过。就是这种极端矛盾的心情,让我们最终保留了它的外形,改换了它的内容,掏空了它的五脏,让它变成了一个昨天的标本,就像我们在博物馆里看到的那些动植物标本一样。我们需要这些标本,因为只有这些标本,才能让我们回到过去。

关于生活,我们有许多概念,这些概念新新旧旧堆积在心里,等待我们去演绎和落实。这是一个循环往复、没有终了的过程。我们常常没有任何办法冲破和打碎这些概念,无论什么职业,什么性格,所有熙往攘来的人,都不过是为了寻找一个概念而来。

就我个人而言,这些水边"蘑菇"给予自己某种满足,它让我由好奇转向怀旧。为什么会这样?我想自己和所有人一样,总想让另一个时空里的东西来激发和引领,走向不同的世界,比如走向记忆。这记忆越遥远越好,这激发越强烈越好,它指向未来,通往过去。这大致是两条路,在两个方向上给人提供一个现实的导引。

那么,站在这条街巷上,我们不禁思忖:除了这两个方向还有没有其他的方向?难道我只能走向过去或奔向未来吗?

铁槎山的道姑

铁槎山是半岛东部一处有名的道教圣地，海拔五六百米，有九个山顶，所以又称"九鼎铁槎山"。这儿终年海雾缭绕，极为俊美。所有研究道教文化史的人都知道铁槎山，自古以来就把它当作一个养生、思悟、修持的奇异之地，并大书特书。许多人在此修行，留下一些传奇故事。我也写过铁槎山，却从未深入它的内部一探究竟，未能就近瞻仰它的风采。

现在的铁槎山是一个重点文物保护单位，整座山都成为景区。这里的道观名声巨隆，香火很盛，来到近前才知道，原来它并非什么堂皇的大建筑，而只是不太大的一个小院，由几幢青砖黑瓦平房组成。这就像许多古迹一样，越是名高位重，外部形态就越是收敛和简朴。而那些历史短暂的新修的庙宇之类，却往往是高堂大殿，金光闪烁，只透出一种无法遮掩的粗糙气和轻浮气。

铁槎山道观中住着几位修行的道姑，整个小院安安静静。这是上午十时左右，来观中的人不多，且多是外地游客。道观主建筑旁有一处极为有名的山洞，它是古代一位道人的苦修之所。山洞内阴暗湿寒，偶尔进去一次倒无大碍，如果长期在此居守则是无从想象的。那将要度过怎样可怕的冬景。如果在严冬时节于洞中生火取暖，浓烟会把人窒息；如果包裹棉被御寒，那要盖多少层才能解决问题。总之，苦修之地就是常人难以尝试和理解之地，那需要是一个心志顽韧的异人，一个真正的岩穴之士。这样的人物由于特殊的心理结构，更有非凡的崇敬和向往，或许已渐渐改变了某些生理结构，从内到外成为钢铁一般的生命。这样的生命即与凡人大异其趣，他们的生存指标也不是我们平常人所能预想的。

以前在其他地方曾见过不少所谓的修炼之地，那往往都是又小又黑的洞子，或者是简陋的草寮，看上去基本上只是一个象征，并不具有太大的现实说服力，也就是说，不可能让人相信是一处真实的修炼之地。而铁槎山的这个洞子我们却不可妄议，因为关于它的记载比较凿实，从现场看也有足够的空间，似可安放一个坚毅的肉身和卓异的灵魂。据说他是这个道观的创始者，是极有名望和劳绩的一位道家。

质朴的青砖小屋散发着看似平易，实则有些遥渺的气息。它的历史是悠久的，气质是玄秘的。道姑们身穿青色道袍，头戴黑冠，打白色裹腿。一位看上去三十岁左右的道姑见了我们点头微笑，只不言语。她和另外两位道姑在几间屋子里进进出出忙碌，半个多小时之后才稍有空闲。我们想和她攀谈，以了解道观的生活。这时离得近了才注意到，眼前的道姑面色红晕，双眉舒放，两眼清澈,神色甚是安详。交谈中得知,她来自遥远的南方,因为一直向往这里,便不远千里来访,最后终得留下。能够在此地做一名道姑,可能要经过一套繁杂的人事程序,我们没有问得太多。

道观坐落在临海的山涧,春天四月仍然寒意浓浓。这使我们想到一个切近的问题:在曲折的山隙里万一生病,比如风寒感冒怎么办?因为这里出山只靠一道山阶,单程就要耗去很长时间。这样问过,道姑仍旧微笑,回答:"没什么,不怕的。""这里大概备有一些医疗用品吧?"有人问。因为道观中还有年龄较大的道姑,这不免让人担心:她们在山里突然得了急病是很危险的,这里只有陡峭的山路,更没有便捷的交通工具,要快些抵达某个医院是不可能的。她再次摇头:"这里没有药品,也没有医务室。""你们肯定会采药,大概平时使用草药吧?"一边的朋友这样说,以为猜中了。

道姑一直微笑着:"没有。我们没有得过病。"

"总有个头痛脑热的……"朋友不相信道姑的话。

她还是摇头:"我们当中从来没人感冒。"

我们都惊讶起来:海风凌厉,山地阴湿,她们竟然从来没有感冒!这可能吗?我们担心自己听错了,再次确认一遍,对方也就再次回答了一遍。果真如此。大家不再询问,沉默了。我们默默地转到旁边的柏树下,抚摸着这棵历经千年的大树,仍然想着刚才的问题:不生病,甚至没有患过风寒。这真是一个奇迹。这就遇到一个不小的命题,让我们去破解它。同行的朋友从城里来到海边,仅仅半个多月的时间,就有两个得了严重的风寒,不停地咳嗽,一路大把地吃药。人和人的差异真是太大了,大到不可思议。

我面对不曾生病的道姑,充满困惑。我不知道原理,似乎又能明白一些:她们是道姑,虽然不是仙人,但常年待在海风和山阴里连感冒都没有过的人,离仙人起码比我们近多了。如果说这是一种境界,还不如说是一种特殊的生命状态,怎样进入了这种状态,需要我们好好思索。宗教的力量?安静的力量?二者兼而有之?这需要从头去想。

我们不愿过多地打扰道姑们。她们也再次忙碌起来,提着水桶,步履轻盈地走来走去,有的往地上浇水,有的擦拭道观里的物品,看上去不急不促,面带笑意,连背影都给人一种和煦温暖的感觉。那素朴的青色道袍似乎未染一丝尘埃。一个同行者忍不住好奇,在看到那个年轻道姑停下手中的活计时,竟然问起了她们的一日三餐。简单,吃素。"吃鸡蛋喝牛奶吗?"对方摇头:"不。"我记得在其他道观或寺院,修行之人好像可以喝奶吃蛋,但这里的道姑连这些荤物也不动,真正素食。是食物让她们健康?不,更多的可能是心灵,心灵才是最终的谜底。

我们注意了一下,道观四周并没有多少可以种植的空地,她们亲手培育的吃物不多,可见食品也要从山外运来。她们同我们一样,难免吃到各种污染的现代种植物,这个时代的难题在这里无法得到有效的规避。既然如此,那么她们的健康之源主要还是来自其他,那是一个幽深难测的方向,玄妙一点说,它通向了渺渺心海,连接了闪烁的星空。

后来终于有机会谈得稍稍多一些,谈到读书,甚至还谈到写作。年轻的道姑读了大量的书,都是道家学问,竟然还写下一些文字,记下心得和感悟。令人惊叹的是她还写诗。真想看一下那些诗篇,但是谁都没有说出来。这双温暖、宽容、安详的眼睛注视过多少旅者,从这个心灵之窗投射出去的光束,照出的是一个纷纷扰扰的世界。每个访问者都带有一个世界的信息,它们在这里交织穿行,可就是未能改变和混淆这里的气息。她看着一个个似曾相识的身影,因为她也曾是来自他们当中的一个,不同的是她留下了,守住了。她在最孤独最寂寞之地,在千年古柏之下,深夜翻开典籍,黎明即起,洒扫庭除,周而复始……

道姑和道士一样,不问年龄不计时光。时间在她们这里缓缓流动,像潺潺河水,又似乎停滞了。她相信永恒:永恒就是日常。

海驴岛的鸟

我们一直盼望有个好天气,去盛名远扬的海驴岛。据说那里海鸥翩飞,美丽如画,是鸟儿的天堂,所以有人把它誉为"鸟岛"。但当地人一概不认这个美好的新名,而坚持沿用一个古老而又野性的名字:海驴岛。可是为什么会有如此粗蛮的名字?站在海边遥望大海,原来那个岛就像一头伏卧在波浪之中的"驴子"。当地人欣赏这种动物,并不觉得粗野。就我个人来说,认为驴是最可爱的动物之一,美丽温顺,任劳任怨,是动物界少有的品质高尚者。

在一个阳光明媚、风和日丽的清晨,我们乘游船出海了。进海后才知道,目测只有十几里路的海驴岛,其实还要远。行驶了五六分钟,好像风浪突然变大了,船舷上不断扑进海水,我们不得不回到舱内,隔着玻璃瞭望大海。远处迷蒙中还有一些远远近近的小岛,它们的名字都不知道。原来东海里散着这么多的岛屿,怪不得自古以来就有"仙山"的传说,海雾中时隐时现的山头实在让人浮想联翩。

一群海鸥一直追逐着我们，盘旋鸣叫，好像发出询问："是到我们村去的吗？"是的，海驴岛就是海鸥的群居地，是它们的村庄或城市。它们为我们引路，就像平时客人接近村庄时，常常从村里跑出一帮孩子一样。有过出海经历的人都知道，海鸥对人非常友好，是最可靠的伴儿。它们陪伴渔人有时真的是出于好奇，而不仅仅是为了讨要一点食物。它们喜欢岸上的人，愿意一路搭讪。

四月的海边与陆地完全不同，嗅不到多少春天的气息。但仔细观察，还是可以感到海中万物的变化，捕捉一些春之消息。每到了四月，海的深蓝色就会变得浅嫩一点，包括这些海鸥，似乎都变得格外活泼。

我们终于接近了海驴岛。鸥鸟迅速变多，像飘动的云彩和周流的雾气，上下翻飞，四处盘旋，叫声震耳。它们虽然早已习惯了这条航路上来往的客人，但还是如此热情。动物一般来说比人更容易冲动。这些海鸥多么美丽，像鸽子一样光洁明媚，但比鸽子多了一份勇武和野性。我们站到甲板上向它们挥手，它们用独特的外语即"鸥语"与我们对话，可惜我们在长达几千年的时间里没有培养出一名翻译。

登岛了。沿峭壁搭起的栈道几年前才换成钢制的，据人讲以前这里是木头搭成的，常常朽掉，有时游人根本不能从这儿通过。下面是汹涌的大海，旁边是陡立的岩壁。我们小心翼翼往前，穿过了一个很大的海蚀洞，就像通过一道厚厚的城门似的，由此才算深入了海驴岛的内部。原来这是一个不小的岛屿，远远大于原来的预估。岛的东部是平缓的慢坡，这儿栖息着大量海鸥。几乎没有别的鸟，全是海鸥的洁白身影。春天正是产卵的季节，卧伏的鸥鸟一动不动地看着游人，即使他们走近，离它们只有一米远了，它们还是那样看着。我们很少有机会这样靠近了观赏它们，这会儿心中全是欣喜。世上大概没有什么动物比海鸥更干净，看额头多么光洁滑溜，周身一尘不染，双羽一丝不乱。在我们的经验里，美丽的海鸥有点儿像四蹄动物中的猫，妩媚、可爱、漂亮，却同样是一种勇猛的猎手，本性凶悍、英武，属于猛禽，对鱼类来说，它们甚至有点凶残和嗜血。

人们无比喜欢这些可爱的鸟儿，比如现在的海驴岛有了海鸥救护站，专门医治受伤的海鸥，这让作为游客的我们也感到了温暖和体贴。爱惜和挽救其他生物，这让人想到自己的处境，比如联想到自己在可怜无助的时刻有可能遇到的援助，有一种安全感。是的，人类怀着这种心情对待周边的动物，比如眼前这一只只飞鸟，正是善待自己安慰自己，好极了。人类就在这种美好情感的鼓舞下，有滋有味地生活：人与人之间，人与其他生命之间，就这样互助、安定、鼓励。我们要做的还有很多，我们的路还有很远，在这方面，我们做得远远是欠缺和不够的，还要更多地努力才行。

现在的海驴岛已成为当地收益可观的一个旅游景点，很多游客从遥远的地方慕名而来。在现代传媒的帮助下，海驴岛已变得闻名遐迩。据说西部高原地区还有个"鸟岛"，不知岛上的鸟类是否像这里一样单一。还有渤海里的"蛇岛"。它们都同样神奇,让人忍不住想去一探究竟。

岛上海风巨大,有的特殊地段风力足有九级以上,有一次我通过一个崖口时险些被吹倒,不得不紧紧地扳住身边的石块。"这里的风一直这样大吗?"我问旁边的人。他说:"今天并不是风最大的时候,如果再大一点我们就不能来岛上了。海上的浪很高,岛上的风更大,有些地方就无法站立了。"

我们在岛上经常看到竖起的牌子,上面写了一些善意提醒和规定:不要自拍,不准捡拾鸟蛋,不准威吓鸥鸟等。山坡上花开草绿,一种海驴岛独有的油菜花开得好不烂漫,让整个海岛一片金黄。有人说,就为了使这片花海更为壮观,管理者曾专门移来许多,却发现根本无法存活。原来只有在此地生长的"土著",才能适应这方水土。

这片黄花和这些鸥鸟,才是海驴岛的真正主人。

正午开炮

我怀疑自己是到了一座现代大都市：二三十层的高楼一幢幢迎面而来，沙滩板铺成的栈道沿海边蜿蜒，漂亮的石板路，生铁铸起的锚链环绕着白帆雕塑，不锈钢海豚……小广场上音乐奏响，旁边是咖啡厅、西餐厅。这里是一个个居民小区，沿海岸东西铺开了几十里。走在其间，感觉自己完全陷入了一座陌生的城市，以至于不止一次迷失了方位。一次次询问，旁边人说出的准确地理位置让我深深地吃了一惊：大概没有比我更熟悉这个地方的人了！

我的出生地离这里不远，几十年前曾在这片土地上四处游走，随处都留有自己的脚印。难以想象的是，仿佛只一转眼，它就变得如此陌生，好似迎接一个猎奇者、一个远道而来的访客。这一瞬间我眯上双眼，好像要挨过一阵眩晕那样停顿了一会儿。我大概需要镇定一下，压抑心中的惊讶。与此同时脑海里却清晰而准确地再现往昔：就像一个盲人一样，除了无花果的花什么都看不见，此刻，那敛起的花蕾正绚丽地绽放，每一道丝瓣都那么清晰，楚楚动人……

这里曾是一片无边无际的林野，是神秘莫测的绿色茫海。除了年代久远的自然林之外，20世纪50年代末60年代初又掀起了人工造林运动，结果海岸往南几华里遍植黑松，茂密广阔，沿曲折海岸线东西绵延百里，甚至更远。几十年之后，黑松树干已粗如水桶，树隙间又生出其他：洋槐、构树、合欢。主要是黑松，苍劲，硕旺。人们习惯称这里为"防风林"，好不雄阔蓊郁。防风林的南面即连接了那片自然林，原来曾是一个很大的国有林场，林场内占绝对数量的是白杨和橡树，还有柳树、大叶枫、苦楝等。粗壮的大树啊，占据了我的童年，占据了当地人最美好的记忆。

防风林和自然林连成一片，浩瀚而神奇。这里面发生过各种各样的传说，真真假假交织一起，难辨真伪，构成了一片林海的独有魅力。那是一片神奇的莽野，其中蕴藏着各种不测：动物趣闻，妖怪传说，怪人故事。这一切与现实纠缠，形成一段特异的历史，化为一道永恒的风景。这里什么都曾发生过，什么都曾存在过，可以任人想象。没有一个准确标界限制那些传说，没有一个既成边缘禁锢它，其魅力就在于此。是的，它是昨天，是我们这一代人心中保存的奇幻，是一段特殊的历史和骄傲。

各种各样的猎人和采药人穿行在林海中，他们来自当地或更远的地方，所以林子里常常交织着多种口音。猛禽偶尔惊扰了鸟儿们的欢唱，四蹄动物肆意出没，甚至还有花鹿。花鹿是哪里来的？是从遥远之地横穿半岛进入林子，还是哪个养鹿场的出走者？

全都不得而知。林子里的四蹄动物最多的是豹猫和狐狸,还有少量的狼。狼的名声很坏,让人憎恨,但这里的狼没听说伤害过人。70年代中期狼便绝迹了,狐狸却因为狡猾和美丽,一直在林子里高高兴兴地游玩。关于狐狸变人,到村子里偷酒喝的故事,在海边上流传很广。

出于对往昔、家乡和林子的热爱,人们厌恶伤害动物的猎人。关于林子的许多故事都是糟蹋猎人的,故事的结局往往只有一个,即猎人的可悲下场。传说猎人去林子里打猎,他们见了动物马上端枪,这时却发现自己面对的竟是自己的亲人;放下枪,那亲人又变成了动物。巨大的物质诱惑最终还是让他扣响了扳机,结果却真的打死了亲人。这是所有故事中最使人恐怖的一个。

在物质欲望面前,人变得何等勇猛和无畏,结果也就导致了许多可怕的结局。眼前这一片高楼就是那些游荡的"猎手"们造成的,他们是财富角逐场上的猎手:端起枪又放下,然后又端起枪,结果打死了自己的亲人。亲人就是这片原野,这片林海,是我们共同拥有的昨天。我们把母亲般的园林给毁掉了,换来的是一片干枯阴郁、没有生命、仿制而成的水泥丛林。这片矗起的水泥就像一道阴森的墙,挡住了我们从今天回到昨天的那条郁郁葱葱的大路。

沿着大楼的空隙走啊走啊,景物一再重复。路旁是生铁铸杆、散见于繁华都市的莲花灯,它们如今又冒着海风站到这里,装点和述说一个完全雷同的轻浮故事,指引我们从一个小区到另一个小区。穿行在这群似曾相识的楼房之间，感觉渐渐麻木，心头泛起一丝凄凉。同行的人见我不说话，也就不再吭声，只是往前走着……

我们这会儿走到了哪里？当年许多人在林子里迷过路，现在同样是迷路，心情却完全不同。

正在彷徨，突然一阵剧烈的炮声从高楼深处传来，很是惊心。我蓦然回首，望向那个炸响的方向。陪伴的人赶忙解释说："正午到了，每到正午就要放十二响礼炮。"我有点惊奇，不知这礼炮缘何而来？朋友告诉，这是为了追念过去，传说这里在清代是一处险要海防，经常用大炮轰击海盗。我问："就在这个地方吗？"他说仅是传说而已，但打炮的事肯定在古代发生过。我说这样打炮多危险，这会儿海里有船怎么办？他笑笑："这是一种氢气做的炮弹，没事的。"具体怎么制成他也说不明白，总而言之没有污染，也没有弹片射出去，只是发出一种模仿的巨响。

我这才松了一口气。

我们在不停地毁掉昨天的同时，却用这十二声巨响追念遥远的过去。看来人人存有怀旧的心情，愿意放大眼前的时空，使自己的精神生活变得更加开阔。可是仅有十二声礼炮还远远不够，它不过是一种猎奇和装点：与其说追溯过去，还不如说是为了一个奢华而浅薄的现在。

而今不要说返回清代了，即便回到几十年前也是难而又难了。用今天的眼光来看，这里曾是多么难得的一片土地：密林北临大海,南傍村庄,质朴的村庄也许有点贫寒,但是它们守住了生气勃勃的自然,守住了一片茂长的土地。记忆中的海岸经常收获丰厚,拉网的号子一旦响起来,就意味着大网靠岸。一溜溜脱光衣服的拉网汉子喊着号子往岸上拖拽大网,一座鱼山很快就给搬到了沙滩上。如果是夜晚,渔人挑着火把在海岸上奔忙,随着吆喝声加大,大网就要上岸。月光下人声鼎沸,大鱼跳跃嘶叫……那样的记忆,那样的场景,如在眼前。现在全都消失不见了。

我们能于瞬间毁掉一片浩瀚的林子,可是再花费巨资并加上几十年的光阴,也无法恢复它的原貌:生命的惨烈性和悲剧性也就体现在这种无法回返之中。

十二声礼炮很快过去,接下来是长久的沉闷。

毁岛记

　　这是海里突起的一座小小山头,由一条古老的沙坝连接一小片陆地,从空中看像半岛上长出的一个犄角。由于它置身海的深处,成为一个奇特的地理坐标。它太美了,多少人不吝言辞地赞美这个大自然的奇迹。我曾领许多外地朋友去这个犄角,只为了炫耀它的美。那时,所有人都被眼前的美景惊呆了:凸起的海蚀崖,墨绿和碧蓝交织的大海,远处点点船影;清冽的海风滤掉了俗腻,梳洗着每一天;一只只海鸥从海蚀崖上扑棱棱飞起,掠过耳畔……海蚀崖下有一条水浪冲刷的卵石小路,可以踏着它绕过半个山头再折回,一路上收获各种各样的惊喜,比如捡到各种海蛤、海参,甚至是小海蜇。透明的海蜇是当地人的珍宝,捧在手中,透过厚厚的蜇肉能看清手掌的纹路。

　　海岛上开满了黄色的山菊、黑紫色的野鸢尾花,马兰草、莎草、沙参随处可见。各种山果在海蚀崖的阳坡长得浓盛,夏秋天站在崖顶看去,犹如一大块绿色的宝石镶嵌岛上。海蚀崖的南坡连接了一个美丽的海湾,湾畔就是一个历史悠久的渔村。这个村庄的人祖祖辈辈与小岛相依，与大海相伴，富足而安静，过着毫不夸张的诗意的生活。这个小岛和渔村都与一个古代传奇连在一起：传说这里是明代一位著名将军的旅居地，将军因为十分喜爱这个小小的半岛，就在前方告急之时，把母亲托付给善良的渔民朋友照料，然后奔赴边关。

岛上的人纯朴，热情而真挚，远方来人如果喝过他们的酒，吃过他们的鱼，就再也难忘这里的豪气和友善，并对大海馈赠的新鲜美物长久回味。

海岛南坡丛林中生活着丰富的鸟类，这里一年四季都回响着声声啼鸣：或宛转或急促，或柔细或粗犷。这儿能看到美丽的蓝点颏、杜鹃、黑枕黄鹂，特别是那种与小孩身高相仿的大猫头鹰：面如朗月，行人拍拍手，即缓缓地转过来行注目礼。我第一次见到这种鸟惊讶地打了个趔趄，好不容易才镇定下来。不少人初见此鸟，都像面对了人间最大的奇迹，惊叹、后退，像行礼那样举手招呼……一切多么难忘。这就是记忆的岛、昨天的岛。

万万想不到的是某一天，随着一阵巨大的轰隆爆炸，小岛突起的小山、它的制高点，突然笼罩在腾起的冲天烟尘中……烟尘消失后，一切都不见了。一座小山瞬间蒸发。

海蚀崖被炸毁了。

它存在了不知千年万年，却在旷世未见的野蛮开发中被轻易地抹掉了。难道这是只有今天才能发生的一个奇迹吗？我们在人类气壮山河的创造纪录中，就加上了这样可怕的一笔。可惜的是，这一次不是战胜和驯服威凌逼人的苍莽自然，而是摧毁了一处秀气可人、带有某种阴柔之美的袖珍美景。如果寻一个性别来比喻，它像一个少女；要找一个动物来形容，它像一只小羊。

人类在这个时期，在文明进入 21 世纪的时候，又当了一次屠杀场上的角色：残忍的操刀手。

事情的原委是这样的：一家农民企业以某种方式从当地政府得到了这座小岛。而今的事情总是诡异，人们难以厘清彼此的权力与界限，只知道一座小岛易手了。从此她的命运落在了农民企业家手里。这样的企业家往往是直截了当，是生猛，比如这次炸毁高高的海蚀崖，竟是为了以高补低：填平海蚀崖旁边的浅滩和小路，以拓出一片更开阔的地场兴办工厂。

这竟然是真的，这竟然成了真的。

古老的小村迁走了，海蚀崖毁掉了，小岛接近消亡。一片工业区可能是化工厂之类，正在建设中。古老的渔村，世世代代的打鱼人，被迁移到另一个靠海的工业区旁，塞进一片拥挤的楼房中。一家老少由海边小院移走，挤到鸽子笼一样的一个个隔间里。由于祖祖辈辈习惯的生活方式与环境不复存在，许多人都要改换行当，另谋营生。他们现在做得最多的，就是发出阵阵叹息，从楼顶眺望自己的老家，那个海岛的方向。

小村的后人去外地上学，生活在南方北方，只无法忘记自己的小岛。他们如今只好想方设法搜寻过去的一些老照片，抚摸着它们过城里的日子。当他们开始懂得疼惜、为故乡流泪的时候，大半都有了自己的孩子。他们孩子的孩子，还会有这样的记忆和情感吗？一个人诞生了下一代，却愈发加剧了那种刻骨铭心的怀念，是多么不幸和悲凉。

小岛毁掉的过程要得到记忆，因为它的摧毁预示着各种悲惨：悲惨的未来，悲惨的现在，悲惨的精神，悲惨的物质。它的发生绝非偶然，这仅仅是一场大毁坏的缩影，一个绝情的范例。我们对历史，对天设与地造的美，竟然如此绝情。既然如此，又何必生存？这样想下去，不禁生出彻骨之寒。

愿所有拥有那些小岛照片的人，都要好好保存。那是家乡的面容，它像爱人一样，每次展读都有"颤栗之美"；随着年纪的增长，它还会滋生出超越爱人的情感。小岛正是我们的爱恋，她属于所有人，是上苍留下的梦幻之美。

西洋小镇

"多么巧妙和逼真啊!"那些远而道来的购房者连连发出惊叹。在海边,他们竟然找到了一个洋人小镇,名字也是相同的。"看啊!花这么一点钱就住到了'外国'。"他们欢天喜地。小镇建筑风格是造型特异的西方楼阁,那样的街道、窗户、楼体、楼旁小路,到处点缀着西洋物件,比如雕塑。这是开发商在海边拓出的一道西洋风景,与周边相比虽然多了几分新奇,更多的还是不伦不类。原来的荒野生出了今天的楼群,楼群里又多出一个假模假样的西洋小镇,毕竟有些怪异。这里没有金发碧眼的行人,只有舞台布景般的搭建,很不协调。

这儿似乎给人快感,给人幸福,但不会长久。

小镇往东十里是一个游艇码头,那儿停了十几艘白色游艇。据说在不太遥远的将来,这码头还要扩建,成为北方"最大"的"国际游艇码头"。"最大"与"国际"是现在的通行语,是使用频率最高的两个词,至于事实究竟怎样,使用者是完全不顾的。再往东一点还会看到一个小型的埃菲尔铁塔,铁塔旁边是西方雕塑：光膀子的女人、头缠桂叶的洋人、形貌怪异的西方古典哲学家和歌剧演员、怀抱半个酒桶的老酒鬼……眼前的一切让我想起城里的一位朋友，他是西洋通，半生都在做翻译工作，陪各种代表团走遍了西方大大小小的城市，晚年想定居海边。有一天他惊讶地告诉我，自己在海边发现了一处西洋小镇，它们简直一模一样，像极了，所以，他要去定居：

"我敢说它复制得很成功，比那些真正的西洋小镇也差不了多少，实在是漂亮。"

他指的就是这类小镇，或者就是眼前的这一座。他一定是夸张了自己的第一印象，因为作为一个经常来往于西方的人，不应该对半岛某处匆促的仿制品如此夸耀。可能这只是表明了他定居的决心，给出了一个理由。

徜徉小镇之中，可以看到那些心满意足的新来的居民。他们穿着时髦的衣服，领着自己的孩子和小狗，漫步于花草树木间，神情松弛，四处张望。他们一定觉得这里一切都好，甩着手臂快慰地说："多么好的空气呀！哎呀，终于可以放心地吸一口气了！"我却觉得这里空气并不好，因为离这个小镇不远就有一处工业区，那是化工厂和电厂。我明白，他们一定是来自更糟糕的地方，比如交通拥挤不堪、空气污浊到超出想象的大城市，所以到了这个空气并不太好的环境，竟然当成了空气清新的天堂。记得一本书上谈到阿根廷的布宜诺斯艾利斯这座城市，说当年发现新大陆的西班牙人最初登陆，第一句感叹就是："啊！好空气！""布宜诺斯艾利斯"就是"好空气"的意思。同样是对空气的印象,同样是赞美,二者空气质量却是天壤之别。这就是差别,感受的差别,二者之间掩去了多么可怕的现实和故事。

我问这些小镇居民:住在这里感觉怎样?他们慢慢搜寻着记忆,告诉:"买东西不方便,找一个饭店要走很远;附近人口还不够多,太寂寞。我们好想看到一个书店。"我想书店在此地绝对属于奢侈品,建起西洋小镇的人尽可能准确地模仿了一切,尽可能将异地街巷原样不动地迁移到这个海角,可就是忘记了原来小镇上还有一家书店。是啊,那儿有一家漂亮的书店。

记忆中第一次访问那个西洋小镇,中午时分一脚踏入了一家书店。当时我简直惊呆了:温馨,一切笼罩在书香中,脚下是地毯,仰头即琳琅满目的书籍;安静的角落是书吧,镇上的人在静静翻阅,啜饮咖啡……几十年过去,我依然还能想起那个中午,我一口气扑进书的丛林,所有疲惫和困倦一扫而光,久久徘徊不忍离去,也像镇上居民一样,要了一杯冰咖啡。那次我才知道咖啡不仅可以不用沸滚的热水冲泡,而且可以掺上冰块。我喝着冰咖啡读书,心头溢满幸福。

此时此刻,故地海角这片再造的西洋小镇,若是能够给人那么一丁点儿书林中的感觉,留给一丁点儿品味的记忆,我一定会丢掉全部的埋怨,代之以新的祝福。可惜一切远非如此。生活中存在着种种不便,只有文明的缺失是最大的不便。

我们继续往前。角落里坐着一个愤愤不平的人,好像早有预料似的一直等着我们走近,然后主动迎上来问:"你们看这个地方怎么样?很好是吧?"还没等到回答,他就恨恨地说:"我真后悔在这里买房子!"他手指一旁的楼房:"看,刚买了半年多,一些地方就开裂漏水。外面抹画得红红绿绿像模像样,都是骗人的……住进这里算上了大当。让那些新来的人高兴去吧,用不了多久,都得像我一样,麻烦大了。"

我明白,当年让人惊艳的西洋小镇,起码有几百年上千年的历史和传统。正是这漫长的光阴积累、传统的接续,才会有后来的幸福安居。我们今天以最快的速度把它搬到东方,搬到这片荒原上,未免太急切了一些。更可惜的是,我们没有追求完美的耐心和善意,而是在仿造的同时把贪婪的野心和欲望一块儿砌进了砖石中。因此,我们根本不可能拥有那样的西洋小镇,也不配拥有。它不属于我们。

一些急于掠夺和攫取的地产商,怎么可能安排一个美好安谧的家园?这样的家园可以是东方的,也可以是西方的,但它一定是使用了必要的纯洁和安静,并且加上足够的耐心,才一点点修筑起来的。它应该拥有相应的质地,这样才能承载幸福的未来。

恐 惧

几年前,我曾在海边碰到一位打鱼人。他那会儿已经不再打鱼,而是承包了一片海上养殖场。他的家在南边的村子里,因为要看护照料养殖场,就独自搭了一个鱼铺住在海边。

小小鱼铺里的生活用品应有尽有,但非常拥挤和紊乱,光线也不好。鱼铺照例陷进地下,这为了保温,有冬暖夏凉的特点。北风大作的冬日,只要往炉膛里塞进一点柴火,整个鱼铺里就很舒服了。铺子里最触目的是一个很大的地铺,这是他的睡床,又宽又软。他曾当过兵,这种荒野生活不仅没有使其产生寂寞难耐的荒凉感,反而让他获得了极大的满足。夜晚点上桅灯,听着海浪,读着一本自己喜欢的书,别提有多么幸福。他说当年在部队养成了阅读的习惯,书籍帮他打发了很多驻防地的空寂时间。现在海边养殖虽然辛苦,但空闲时间多,特别是长长的海边之夜,正好用来阅读。

这位海边的嗜读者,给我留下了极深的印象。

这次路过此地,已经与上次相遇隔开了两年多。再次来到这里,却怎么也找不到那座鱼铺了,举目望去,身前身后都变成了建筑工地:推土机停放在新修的道路上,远处正挖掘出一个个大坑,还有一些看不出名堂的沟渠相互连通,里面渗出了铁锈色的水。显而易见,又一场新的开发正沿着海岸线往西推进。我从记忆中搜寻那个方位,往前走着,不信那个养殖场会消失得不见一丝痕迹。从目测上看,我没有走错,最后认定它就在这一带。

找了许久,终于看到了一个半塌的鱼铺。我一下认出了它,匆匆赶过去……里面没有了那位朋友。

工地上的人说,所有海边的人,不论是打鱼的还是养殖的,全都离开了,这里已经属于一个大公司或大集团。不过此地现在究竟隶属于哪个新的主人,他们也说不清。毫不奇怪,因为这种开发来得异常迅猛,有时可以说是猝不及防,一些莫名其妙的人在瓜分这片海岸,他们来自天南地北的大都市,还有从京城赶来的。这些拥到海岸的开发者,让人想起宴席上那些吃相难看的人。

不仅是朋友不见了,就是南边的村庄,有的也没了踪影。我这一天有些倔强或好奇,偏要从海边一直往南找去,走进了硕果仅存的一两个村庄。最后费了不少劲儿,我竟然找到了这位朋友:原来他正和自己的村子一块儿原地待命,也就是说,等待搬迁。这个时刻他和村子里的人一样,失去了任何劳动度日的心情,也说不出今后的打算。所有人都无法预料自己的将来。做什么?怎么做?只有等待。

朋友抖着手掌,示意说:"我们不能大声说话,别声音太高。"

他这样说着，引我到一个僻静的地方，嗓子压得很低："千万不要对生人埋怨什么，不要。"

就这样，他时断时续地讲出了一个骇人的故事。那是他离开自己鱼铺的前前后后。他曾经拼出军人的勇力，倔强地抗拒逼迫他搬迁的人，因为海岸承包合同上白纸黑字清楚地写着长长的承包期，他为这片养殖场不知投入了多少热情和精力，更有来之不易的一些积蓄。他实在舍不得。那些逼他走的家伙只有蛮横，没有半点怜惜，更不会讲理。那些人根本不愿承担最起码的补偿，而只是让他快些卷起铺盖走人。在一些新富豪这儿，从来没有什么法律可以约束，他们想怎样就怎样。可是要驱赶他也不容易，他偏要待在热乎乎的铺子里，要等一个稍稍公平的结果。这样拖延了半个月，一天午夜，铺门被猛地撞开，闯进来几个蒙面壮汉，一个个手持棍棒。他拼力抵挡，使出了部队里学得的看家本领。

相搏到最后，他给打得半死。

他在鱼铺里躺了许多天，几乎死去。他捡了一条命，那是因为在野外生活久了，生命力比常人顽强十倍。这会儿，他抚着身上大大小小的疤痕告诉我：那个夜晚，那些人差点就把他装到麻袋里扔下大海。我觉得未免有些夸张，他说这是真的，因为麻袋和绳子都准备好了，一点都不是唬人："在风高浪急的夜晚把一个人扔到海里，根本不算什么。"就在他们要那么做的时候，突然不远处有人打着火把往这儿赶来，他们可能是旁边工地上巡夜的人。就这样，那些蒙面壮汉扔下他跑了。

我吸了一口凉气。他说下去："沿海一带许多人失踪了，有的遭到了不测，就因为这些人拒绝离开，拒绝出让自己的土地，拒绝放弃自己的劳动。每个村庄里都有人被打，每个村庄都笼罩在一片恐惧之中。但是他们不敢抱怨，不敢公开说出自己的憎恨，而是要赞美那些集团和公司。"

他讲出了故事的后一半，算是结局：他曾逃到很远的地方，去了山区、海岛，与妻儿生生分离。那时他不知道自己还能否回来，有时真的不再做这样的打算。他告诉，他从铺子里回村之后，因为愤恨和不甘，就联合村里像他一样强壮勇敢的人，做好了抵抗的准备。大家采用许多办法阻拦这些开发者，究竟什么办法，他不愿多说，只说从那一刻起种下了更大的祸秧。

无比恐惧的生活开始了。先是一些身份不明的人频频袭扰，让他不得安宁，后来就是直接围堵。在十分危险的境地下，他不得不逃出家门。一群人紧追不舍。毫不夸张地说，那是死里逃生的故事。他讲了一些细节：追赶的人开着一辆装有远射灯的越野车，车上有武器，而且真的开枪。他当时赤手空拳，为了逃脱，就窜到车辆无法行驶的麦地，跳进壕沟，钻入涵洞。在远射灯交织成的恐怖网络下，尽可能找一些黑暗的空隙，最后挣出一条命。

他和同伴们颠沛流离了好几年，那会儿不知将流浪到何时何地。那段黑暗的日子里，他只在伸手不见五指的深夜才潜回自己的村庄一次，但要趁着天亮前快些逃开。他们在外乡四处打听老家的消息，直到得知原先的开发者离开了，这才敢回来。他们归来后才发现，村里好多人都失踪了，留在家里的女人早早白了头发，她们一把抱住归来的男人，泣不成声。

我注意到，几年不见，原先那个腰杆挺直的朋友身子躬了，呼吸急促，只有生气时声音才高起来，没有说上几句又是低低地说话，还小心地睃着左右。他处于恐惧之中。我在这种情形下，声音也变得很小，像打探一个绝大的秘密那样悄声询问着。

他和朋友的回答都是声音低低的，当突然换了高声时，一定是在赞扬，赞扬开发者，赞扬那些"集团"："多好啊，多好啊，咱这里要变样了，以后就享福吧，做梦也想不到会像现在一样，真是……"喊过之后，再次低下头咕咕哝哝，说了什么谁也听不清了。

鱼拓画

一位多年不见的海边好友,从打磨文字的作家变成了画家。他展示一幅幅作品,令我无比惊讶:都画了鱼,大鱼小鱼,那么逼真而古朴,看上去有些异样,与以前看过的绘画完全不同。我见过各种各样鱼的水墨画,还从未看到这样的风格。我向他讨了一幅。

我选中一条一尺多长的黑色大鱼,说:"这好像是一条比目鱼。"他说:"是的,一条比目鱼。"他指点着墙上的画,依次告诉:"赤鳞鱼、绸鱼、鲳鱼……这是一条红鲷,多大的红鲷啊,四斤二两!"最后一句让我吃惊:他显然在说一条真实的鱼。看着我惊讶的样子,他主动解释道:"我忘了告诉你,这不是一般的画,这是'鱼拓画'。"

"什么是'鱼拓画'?"

"就是给鱼做拓片,像拓碑一样,把宣纸放在上面……"

这令我更加惊奇。我马上想到的是要等活蹦乱跳的鱼死去,等它僵硬时,然后再涂墨,按上宣纸。鱼毕竟不是石头和木头,这事儿从头到尾做下来肯定麻烦。不过到底有多麻烦，我怎么也想不清楚。只觉得这种办法高明而巧妙，他能够想得出真不简单，也许只有生活在海边的艺术家才能有这种奇思妙想。

我知道他喜欢出海钓鱼，是海猎能手也是烹鱼高手。大概就是这种海上生涯给了他灵感，让他成为一个特别的画家。我尽力发挥想象，说："如果没有猜错，你肯定要把逮到的大鱼搁置一会儿，等它不动了才开始动手。这大约需要多次实践，积累经验，比如墨色浓淡、宣纸按上去轻拍重拍，怎么把握力道等，会有许多技巧。宣纸揭下来还需要动动画笔，最后才能题字落款，成为一幅作品。"

我像一位内行，这样说时，其实内心里已经在琢磨怎样亲手做一幅"鱼拓画"了。因为这种画是在现成的鱼身上"印刷"出来的，算是一种工艺，只要掌握要领就能完成。我说着，极力隐藏自己要当一位艺术家的跃跃欲试、野心和冲动。

谁知朋友马上摇摇头："死鱼不能拓画。"

"用活鱼？这怎么行？"我的声音变大了。

"让鱼安静一会儿，但不能让它死去。安静的鱼和死去的鱼是不一样的，死鱼，拓出的画也是死的，那就没什么价值了。"

听上去既有道理，又过于玄妙。我甚至认为他有点太较真或太讲究了，换了自己一定不会这样做。因为显而易见的道理：只有死去的鱼才会有木石一样的标本作用，那时操作起来才得心应手。我微笑不语，看着他。

"我让鱼安静下来,让它睡一会儿,在这段时间里抓紧完成。"

"怎么让它睡着?"

"一点酒吧。"

我明白了,它醉眠后,他开始往它身上小心翼翼地涂墨。怎样涂?如预料之中,他语焉不详。大致是按照丰富的经验施墨,而且在宣纸和鱼结合一体的时候、拍按之间,需要高度的技巧。鱼鳞、鱼鳍,特别是鱼的眼睛,都要传神地表达出来。他一再强调"眼睛"。

这使我想到:鱼是有神气的,鱼是有神采的,鱼是有心情的。是的,我不得不确认这样的一种理念,即一切高妙的艺术都是精神的再现、个性的表现。而对于一条海中生灵而言,最能传递这一切的当然只能是眼睛。它要注视,它的悲哀或怜悯都要从目光中流露。它从自己的那个方位投向人间的神情,即便在这样的瞬间也不会泯灭。我想,作为一个艺术家,这种揣测和把握当是至关重要的。这是一切艺术即心灵劳作的关键所在。

他告诉我,一张好的"鱼拓画"可以把鱼和鱼之间的不同表现出来,也可以将同一种鱼的不同时刻表达出来。不同的鱼,不同的时刻,都在画纸上凝固了,却是凝固了栩栩如生的那个瞬间。

我长时间沉默。我在想鱼和艺术,想生命的奉献,想短暂和永恒。这样一些关系纠缠在艺术创造之中,从来没有例外。离开了这样的领悟,所谓的艺术就会变得木讷。而那些看起来木纳的用来做拓片的石碑之类,却蕴含了十足的生命力。我们一再地拓、拓，复制，只为了再现生命的神色。

一条大鱼留下自己生前的刻记。它带着水族的秘密来到面前，那一刻刚刚沉睡。它曾经活生生地、惊讶地看着这个新的世界，看着和自己完全不同的生命，大睁双眼……

关于鱼和海的故事，朋友可以讲上一整天。那是一些烂漫的故事，惊险的故事。故事的主角大多是鱼。他的这些经历铸就了与水族的深刻情感，也催生了手中的艺术。

后来这幅艺术品挂在了我的室内。它看上去和一般的水墨画大为不同：既是一种拓制，又是活的生命的印迹。我端详的时候，总觉得它的一双眼睛在注视我，充满了悲悯。

它真的就在那里了。它是一个悲剧。它演绎着生命和创造的故事。它讲述了大海：波涛万里，压低的铅云，还有其他……

天尽头的风

"天尽头"是半岛最东部的一个小小海岬,准确点说它处于一片大陆经度的最东端,所以才有了这样的命名。这个名字已经有了几千年的历史,至少在遥远的秦始皇时代,就已经这样称呼了。

历史记载中,这个"千古一帝"曾三次东巡,其中至少有一次抵达了这个"天之尽头"。作为大陆的边缘地带,这里对他而言是多么遥远、多么神秘。他是西部人,看惯了高原景色,而今却要吹拂海风,面对一片渺渺大洋,当时何等心绪,也只任我们去想象了。当天下一统,特别是美丽富饶的东部齐国并于秦国版图之后,整个国土就变得多彩多姿和幅员辽阔了。沿海地区是截然不同的风韵习俗,山水大绿,物质极大地丰富。秦始皇的有生之年,其脚步不可能踏上他统治的每一寸土地,但对最东端的这片陆地,对王土的边缘,这次却要亲手抚摸一下。

当年他站在这里,脚踏海岬放眼远望,只见大浪滔滔,海天混淆,茫茫无际,一定会思绪万千。后人只凭他东巡的足迹去揣测和推定,认为他当时最关心的事业,就是寻找长生不老药、寻找海中仙人。这就有了徐福率庞大船队入海求仙的千古之谜。

今天的"天尽头"已成为著名的旅游胜地,它以独有的地理位置、神奇的传说和罕有的帝王行迹,吸引着无数海内外的游人。一个人不到"天尽头",就不知道天之广阔、地之遥远、海之浩淼。有一句诗谓"不到长城非好汉",那么不到"天尽头"又将如何?

初春时节的一个上午,我们几个人兴冲冲地赶往这个神奇之地,遥望缅怀,踏上古代帝王印过足迹的海岬。到了这里已是上午十点左右,天下起了蒙蒙细雨。风从黄海深处吹来,寒意渐浓。为了抵御春寒,我们启程时特意穿了很厚的衣服,可来到这儿才发觉天这样冷,最后简直凉气彻骨。风一阵比一阵猛烈,细雨更加剧了寒冷。

长时间定定地望着这个声名远扬的海岬:探入海里,一小块突出的岩石,靠海一端矗着一座石碑,上面刻上的"天尽头"三个大字赫然醒目。任何人到此都要止步,因为它的前方及左右都是滔滔海浪,真的再无进路。回头看,不到百米之处耸着另一块碑石,上面写了"好运角"三个字。

身后这块石碑当然是新立的,那三个字其实只为了对冲一个不祥的暗示:一个人既然来到了"天尽头",也就意味着走到了绝路,所以很不吉利。这种预示会让人刻意躲避,对于旅游业的发展来说显然是一个忌惮。于是后来就有了这块新碑,有了再次命名。不过无论如何,一个沿用了几千年的名字最终是改不掉的,也没人敢彻底抹去。

就在那句吉祥话的旁边,有一处群雕,自然是为了纪念秦始皇东巡的壮举:肃穆的始皇帝,冠盖、随从、武士,一色青铜。这位古老的帝王,青铜的帝王,此刻在寒雨劲风中显得格外威严。我注视群雕,想象很久很久以前的奔波与艰辛。后人猜测他遥遥东巡之路绝不仅仅为了探寻长生不老的仙药,也不仅是对富裕齐地的好奇,而是另有大谋,即强固难以驯化的东夷族,夯实边地统治之基。是的,比起寻仙之事,这算是最为现实的政治需要。

传说中的"三仙山"位于东部深海的一片混沌迷茫之中,缥缈之处居住仙人。那里一直是秦始皇的梦牵魂绕之地,有着持久的吸引力。或者就在这次巡行之后,或者从更早的时候起,那个叫徐福的奇异人物就进入了他的视野,最终率一个庞大的船队出海了。他是受秦始皇派遣的。

从此即有了古代航海家徐福的故事了。记载中秦始皇不止一次会见了徐福,在东巡之路的某一时段,约对方于黄县莱山月主祠,有过一场密谈。这次约见的结果就是让徐福率"五谷百工"和"三千童男童女",组建起一支浩大的船队。当年秦始皇站在"天尽头",心中一定升腾起无尽的希望。也正是那次派遣,使中华民族的历史上发生了一个惊天动地的大事件,一个神话般的传奇,出现了一位比哥伦布还要早一千八百多年的探险者,一个寻找新大陆的冒险家。徐福的船队穿越对马海峡、途经济州岛、入韩国,最终抵达了日本列岛,在历史学家那里已是不争的事实。

古老帝王第三次东巡匆匆来去，是一个很快消逝的孤独身影。那一次他由这片海岬西行，行至山东西部一处叫"沙丘"的地方即染病不起，结束了短促而宏大的一生。也许是巧合，他从"天尽头"径直走到了生命的尽头，从此这条路、这个地方，也就变得多少有些骇人了。

关于这里的不祥传说很多，当代人的某些经历和际遇，被演绎得有声有色，以至于影响到此地的游客数量。我们作为游人，心中真的不能不生出一些多少有点滑稽的想象，对踏上这个海岬生出一点悸惧。人们一边惊喜地观望古迹，一边在心里祝祷，希望留给自己的是回头看到的那三个字的内容，交上"好运"。

风势还在加大，雨丝密织。离开这座青铜群雕只有几十步远，看去已经模糊不清了。昨天离我们太过遥远，隔开了几千年，可是一切又恍若眼前：漫长的历史仿佛只有一瞬，我们现在和古人，而且是一个统一中国的帝王的脚印重叠了。

一瞬映照永恒，以至于成为历史与生命的巨大参照。一些关于形而上的终极思绪在这里徘徊缠绕，袅袅升起。对此我们常常视而不见，可它现在实实在在地化为具体，化为当下。

2017 年 10 月　补记

辑三
/ 他们为何而来 /

想起了陶渊明

陶渊明离我们太遥远了。不，他离我们越来越近。这种拉近的速度自昭明那个时代至今，已是越来越快了。这真是极有意思的、耐人寻思的古怪现象。

他在活着的时候，即便是诗文写得最好的时期也不是一位声名显著的人物。他耕作，喝酒，读书，会友，流连田园之间，越到后来越是贫寒，最后大概是饥寒交迫而死。有几个显赫人物邀请他出来做官，偶尔试过几次，但大多数时候拒绝了。在诗文方面，他的知音也不多。他的有地位的诗文大家朋友在当年曾经撰文宣扬过他，但效果一般。因为那位朋友并不能深刻理解他，不能像他一样质朴和单纯，所以最终也说不到至处。

王国维是民国初期最有悟力的学者，他在列举中国古代四大诗人时，曾以陶渊明替换了李白，这可以说是语惊四座的一次。王国维当然不是轻易置言的人物，他的话令人深长思之。

我们可以远远地感受陶和李这两个不同的人，他们的质地和光彩。都是伟大的诗人，都是划时代的人物，一个让人惊叹，一个让人深念和崇敬。从不一样的维度里，我们可以选择不一样的人。

陶渊明越是到了晚年，歌吟的声音越是低沉和短促，却毫不微弱和怯懦。从古至今，文章做到最后，比试辞章之乖巧璀璨的热情总会淡弱下来，因为时间长了，就像一个人总要衰老一样，一定会让激越之情沉淀下来。回头再看人类的心灵记录，就会冷静许多，清醒许多。陶渊明是在更长久的冷却之后，得到认可的一个人，而不仅仅是一位诗人。

说到底诗人也是人，首先是一个人。就这一点上来说，陶渊明更有了品格和质地的光彩。

他更真更可信。他想做官却心有疑虑，他试过并放弃和再试过，都十分让人理解。他很自尊，这自尊让人理解。放弃了做官就意味着投入长期的实实在在的劳动，比如务农，在田间打理，这就要有坚实不欺的心理准备。知识人自觉选择一种农耕生活，在当时和当下都不是一件容易的事。

写诗与饮酒对陶渊明来说都是回应生命存在的方式，是自然而然的一种需求。这里丝毫没有"写作"、"创作"的气息和状态。当时在田园间劳作的人有了好酒常常分享，可见陶渊明偶尔与人交换诗文，意义也差不多。他主要是写下来，记个心情自存。

这样的文字形成的气质风貌，当然是最高的。一切的卖弄炫耀都是文章大忌，但这大忌不犯也难。陶渊明不犯，这就是他最伟大之处。

从古至今才华是难藏的，并且还要被拥有者一再宣示，于是铸成了不可追悔之错。这种追悔在陶渊明来说是压根儿就不可能发生的。

他的诗文与耕作同质、同步、同义。

最令人向往的还有什么？是什么一再地拨动了后来人、特别是当代人的心弦？想来想去，还是这两个字：自尊。

谁不想拥有自尊？除了极少数人，大多都在心底存有这两个字、追求这两个字，并不时地为这两个字而不安和痛苦。因为要靠近这两个字太难了，而人之为人，在最初的那一刻就被注入了这样的元素，于是他一生必会需要这种坚持。

只不过自尊往往是最难获得的，它要与一个人形影不离，更是难上加难。因为人生要置于各种苦境和险境，自尊难免远离而去，每到这时人就陷入了深长的痛苦。

在一碗美食和自尊面前，一个人要选择哪个？二者同得常常是不可能的，那么这选择就很严峻很艰难。谁心里都明白，自尊暂时放一放、在一定程度上放一放是可以的，于是这种侥幸心理就将人左右了。结果是怎样大家都明白，也就是顺势滑脱下去，最终的自尊是没有的。

我们不能说陶渊明纯粹到了那样的地步，即在任何选择的关口都是毫无动摇的。但他之可贵，就在于心底里那个自尊的需求异常顽强，这股不可消失的伟力终于将他一次次从那碗美食跟前拽开了。

强权专制是人生所遭逢的最大黑暗。这黑暗使人无法招架。它时时围拢催逼，时时诱惑，让人做出最后的、彻底的丢弃。在这种情形下，丧失自尊的痛苦会一波波在人的心底泛开，于午夜袭来。

于是，人们，特别是知识人的反省，就在午夜开始了。这反省会是隐隐的、不绝如缕的。与这反省同时出现的一个身影，可能就是陶渊明吧。

伯林的圣彼得堡

以赛亚·伯林是俄国人，生于一个犹太人家庭，刚过十岁就随父母迁往英国，从此就成了一个英国人。他接受的是牛津的教育，学文学和哲学。他前期在大学任讲师，二战爆发后在纽约和莫斯科担任外交职务。二战结束后他返回牛津讲授哲学，研究思想史，成为一名教授，并且获封爵士。

对于苏俄，伯林的童年、少年记忆可能是模糊的。但是由于家庭的影响，他肯定会关心自己的出生地。实质上他的一生都在注目那片土地，为其兴奋和哀叹。他当然深深地着迷于俄罗斯文化，想探究她历史和现实的一切秘密。

他关于列宁格勒即圣彼得堡的记述令人印象深刻。他在战后作为一个西方外交官来到这个昔日的"帝都"，真是感慨万端。他的目光敏锐而又亲切，这与一般的西方人是大为不同的。他眼里拥挤的有轨电车、无轨电车、寒冷、知识分子被北风掀起的单薄的衣服，还有空旷肃杀的深冬的厅堂，都给人近在面前的感觉。

伯林踏入的圣彼得堡是二战中被残酷围困的城市，当时这里没有食物,没有取暖的东西,真正经历了惨绝人寰的饥饿和寒冷,死亡人口不计其数,发生的是震惊世界的惨剧。时间已经过去了几年,可是这里依然能看到战争毁灭的痕迹。这是一座汇集了东方瑰宝的大都会,有壮丽的建筑群,更有一群了不起的知识分子、艺术家。

伯林始终将深邃的目光投在作家们身上。他对这座城市还有一些童年记忆、一些印象,因为他十岁从这里离开时,那双眼睛已经能够准确地扫描了。一座座小店、破旧的窗户、栏杆,都使他想起少年时代。他看到一处店铺,记起自己的家就在它的下边,那是十月革命之前的圣彼得堡。他渴望见到生活在这座城市里的作家和诗人。

他用很大篇幅写了与当时健在的女诗人阿赫玛托娃的会面,写了那个漫长的夜晚。那个头发花白、威仪颇似女王的女诗人与他谈话直到第二天凌晨,为他诵读自己的新诗,并从隔壁端过一盘煮熟的西红柿给他吃。

伯林对圣彼得堡的文化专制气氛的描写,对在这个时期艰难生存的俄国文学家的观察和记录,特别是很具体的一些评价和分析,在我们今天的中国读者看来十分易懂。我们有一种更深入的理解力,对他的西方视角也十分熟悉。伯林的见解在当时显得敏锐而新鲜,在今天则非常平实了,起码在我们看来是如此。

阿赫玛托娃的音容笑貌因为伯林的转述而变得栩栩如生,至今读来还觉得那么切近、鲜活。我们似乎可以感到那个黑暗的夜晚中，只有一张小桌和几把椅子、一张沙发的空旷房间里，有一种陈旧家具的气味，一种没落贵族所遗下的铁锈和贵金属的气味。这个环境中只有高贵的女诗人散发出沉香般的气息，她稳重而自负，向一个刚刚来自西方的探险者评述一切。

那个场景远去了，又好像不肯逝去。我们会觉得那长夜很长很长，它的阴影一直拖延到东方，直铺到我们脚下。

当年伯林被视为"西方来人"。而我们曾把圣彼得堡视为东方的某个终点，那是发生十月革命的地方。究其地理坐标，当然应该算作西方，但它却一直是东方集团的代名词。

伯林的确是以西方人的目光来打量这片少年之地的。他在西方长大，接受了西化教育，没有苏俄人的局限和拘束，可以更超脱更大胆地评论这里的人与事。但他又实在不同于一般的西方人，因为他的血脉源自这里，他就出生于此，这又是另一个致命的因素。他的情感无法掩饰，正像他的西方文化背景和立场无法掩饰一样。

一生一本书

法国的拉布吕耶尔一生只写了一本书，即出版于 1688 年的《品格论》。这本书出版了多次，每次再版作者都要完善和修订，至他去世前已由薄薄一册变为折合汉字 40 万字的大书了。无论是伏尔泰还是夏多布里昂，都对这部书给予了极高的评价，认为它在"任何时代，任何地方"都"不会被遗忘"（伏尔泰）；认为他"是路易十四时代最杰出的作家之一，没有一个人的文笔能够比他更加丰富多彩"（夏多布里昂）。

作者只活了短短的 51 岁，是法学学士，当过律师，教过亲王的孙子，出任波旁公爵的秘书和侍从，担任过财政总管。在 48 岁这一年，因《品格论》一书的贡献，当选为法兰西学院的院士，成为一位"不朽者"。

他的文字离我们既近又远，从产生的时间上看是遥远的，从剖析的内容上看又如此熟悉。他的经历使其成为洞悉王宫贵族生活的人，因而对所谓的"大人物"毫不陌生。然而他对街巷俚俗更加了解。他的笔触涉及各色人物都从容不迫，入木三分。他写的是人性，所以也就不存在东方与西方、古人与今人的隔阂。

他不断修订这部文稿，等于是不断订正自己关于人性的认识。他在世时这部书每年都要再版，他也就每年增删修改，显然这成为其一生的著述事业。这种写作生涯是独特的，好像比另一些作家更专注更投入于某一方面的思考。由于力量的集中使用，这仅有的一部书也就变得更丰富厚重。

从写作人生来说，这是一种极大的"减法"或"加法"。减去其他一切新书构思，只在原有的文字上再加雕琢和增补；这个过程也是逐步增加和积累，使这一本书变得更大。

这当然需要超人的自信和耐心。比起网络时代的文字堆积，这种精心和沉着的著述显出了不可超越的气度。

人生有两种大书。一种是拉布吕耶尔式的，另一种是托尔斯泰式的。前者将一生综合在一本书中，后者用无数本书表达自己这一生。

理想主义

当他人赞许作家是一个"理想主义者"时,作家不知该怎样反驳。这种善意的称誉先是让人隐隐不安,接着是对自己的反感。他想告诉他人,自己不是一个"理想主义者",也与这样的"主义"距离很远。他觉得没有这样简单和狭窄,这样清纯令人生厌。他怀疑这几个字能够概括、界定和代表自己,也不愿归属到那个看似清高的阵营中。

因为他怀疑那个"主义",虽然也向往"理想"。"理想"可以因人而异,"主义"却是整齐划一。他不愿让一种相同的颜色的粉末将自己染上,而只想保留原来的颜色,即生命的颜色。追求真理的意愿使人经常怀疑和设问,并且不愿认定某个严密和堂皇的学问为唯一和至高。他宁可将一切通向遥远的路径视为一种假设,并在这种跋涉中感受辛苦以及寻觅的快乐。如果激昂而武断地排他,过于欣赏一种决绝和牺牲之美,并以此为得意,那也许是幼稚可笑的。这种盲目和偏激的牺牲是不值得的。

"理想主义"会将某种理念推至一个神圣不可置疑的高度,成为一个只可膜拜的偶像。一切的付出和牺牲，在这个过程中都是应该的。在这个概念之下，人的自由意志是不存在的，人的想象是被压抑的，而人的服从和尊从却是绝对的。这种极为粗暴的力量既然蕴含于其中，让鲜活自由的生命臣服，又怎么会不让人警觉和生疑？

两个不同的人，"理想"又怎么会合卯合榫地一致？但是"主义"却可以将成千上万的人笼罩在一起，让他们激昂奋发地、步伐整齐地迈向同一个方向。这种统一的机械的力量巨大而可怕，可以毁坏一切，践踏一切，所经之处寸草不生。"理想主义"的压路机一路向前，可以吞噬一切，将一切生灵碾碎。

"理想"应该是纯粹的向往，是向善与求真的欲望，是对真理、对完美的不懈追求。这种欲望与追求不能凝固和提炼成一种程式，不能做成一个不可改动的模版。"理想"使生命活泼和自由，而不是相反。如果"理想"使他者变得千人一面，像中了某种魔法，那就一定是十分可疑的东西了。

作为一个招牌，"理想主义"是颇能集合起一批人的，这些人会前仆后继，冲决和涤荡，奋不顾身。巨大的盲角和误区笼罩了时空，需要无法估量的损失和毁坏作为代价，换来一丝醒悟的机会。但是即便在这样的代价之后，人们仍然不愿意否定"理想主义"本身，认为这个"主义"是好的，坏只坏在面对"主义"的盲目。

"理想主义"几乎可以等同于蒙昧主义，二者的本质在许多时候是相同的。叩问和质询一旦被废绝，简单的服从和顺从也就开始了。最粗暴的力量只要显现出来，其破坏力就一定会是巨大的。

专制主义者常常会以"理想主义"来点染自己。美好的说辞代替了理性，"主义"成为一切，高过一切，真到代替了每个人生而有之的最宝贵的东西，它的名字叫自由。

善意的追求和向往也可能是幼稚的。最勇敢的冲动也可能是盲目的。任何的牺牲都是需要反复质疑的，因为生命是不可复制的。当"理想"需要以生命换取的时候，这个"理想"就可能是打了折扣的，有人认为只要是"理想"，就必然要用生命去兑换，那么最简单的回答就是：请让那些"必然"者用自己的生命去兑换吧。

对于"理想主义"的简单依从表明了人的懒惰。在这顶绚丽的王冠下面，压住的往往是一张狡黠的鬼脸。以一己之意愿统一或强加给许多人，并冠以"理想"的美名，这是人类最大的悲哀之一。

不同的"理想"自然会形成一种互相牵制的合力，这合力牵引了人类的生活，这才是可信的生活。如果每个人都勇于坚持自己的认识，并能够倾听和吸取他人的意见，就会形成一个有健康声音的社会、思想的社会。

作家不是一个轻信者，也不总是一个动辄激越不已的青年，所以他不是一个"理想主义者"。这里他不得不遗憾地承认，我们自己，我们所置身的这个族群，最缺少的恰恰是我们一直习惯于批判的"理性主义"和"经验主义"。

　　这两种"主义"都因为自己的不彻底性而各有自身的局限,却闪烁着人类最伟大的思想光芒。"理性主义"追溯本源的勇气、形而上学的思辨、遵循数理逻辑的执着、对超验性的坚信,无不显示了人之为人的卓异思想能力。"经验主义"依赖科学研究、归纳与实践,具备一丝不苟的严格的实验精神。"理想主义"虽然也曾经吸取和依傍了理性和经验,却总是与它们渐行渐远,走向以自我为中心的乌托邦幻想,最后与理性的清晰和朴实的经验相对立。以人的想象为中心,而不是以绝对真理为中心,就一定会迁就人的欲望,结果只能是以不择手段追求所谓的"崇高目标"。"理想主义"有许多时候是模糊和善变的,因为它既是非理性的,又无视客观真实,只保留了自己空想的狂热和振振有词。

道德理想主义

同样可怕的还有"道德理想主义",这也是一个含混的、被过分装饰和虚化了的古怪概念。它在当今似乎象征了"道德"又体现了"理想",等于是精神方面的正面角色。其实它究竟如何是需要好好辨析和质疑的,也正是由于过分"正面",它在当今也是令人生厌的。

但是我们对这顶桂冠的拒绝,却绝不仅是因为它的一本正经和刻板,不是因为它对于当下这片污浊的反拨所引起的反作用力的惧怕,而是源于理性思维的深刻批判,是一次冷静的鉴别。这才是问题之要害。

通常我们所说的"道德理想"是与时下的某些精神状况相对应的,即我们选取的某些自以为正确的伦理准则或行为标准。它的可信性于是会大打折扣。它在多大程度上是出于我们的盲目和褊狭,还需要仔细辨析才好。

说到底人是有局限的,人性和人的认识力是有局限的。我们的好恶会因时因地而改变,并没有一个恒定和绝对的原则。一切都受地域、民族、文化等因素的制约，而人性本来就有的弱点，使我们无力超越和挣脱这些制约。最高的道德标准对于人类并非是轻易能够认知的，它实际上是超越经验和认识的一种存在，我们只可以通过种种努力去接近它，却难以凭借自身的能力去替代它。

在我们自以为是的坚持中，有可能陷入最大的罪恶和最深的堕落之中。在这方面人是无法过分自信的。自我批判和自省比坚持某种道德理念也许更加重要。

在现世生活中，"道德理想主义"常常作为一种说词，成为自由思想的桎梏。这是为一部分人量身定做的，且有极大的时效性。离开了特定的场景、人群和时段，它又将是另一种说词了。它的尺度和标准人为性太强，而普遍意义又太弱。

我们不得不时刻保持一种警醒和怀疑的态度。

诗与帝国

有一位西方诗人谈到诗,说:"诗与帝国对立。"① 简洁明了,易懂易记。

帝国只是强人借势铸成的,并不含有必然的合法性,与人的自由天性是背离的。存在于天地之间的法则不属于帝国,也超出了它所理解的范畴。那个真正的法则会剥蚀坚固的帝国,使它在时间中或快或慢地坍塌。而诗意却是长存的,诗与天地共生共长。

它折损诗意,仇视诗意,有时甚至作为一种本能表现出来。帝国需要贯彻自己的法度和规则,而诗意是没有边界的,不受任何法则的框束。它需要许多笼子,而诗意从来不受羁绊。在帝国肃穆的仪式上,时常有一个诗的精灵凌空飞舞,这是绝对不可容忍的。

诗人在许多时候是依自由的天性行事,并非有意冒犯帝国的

---

① 这是当年一位革命诗人对德国法西斯专制和美国麦卡锡主义迫害进步作家发出的抨击。

尊严，但却时不时地撞个正着，引起震怒。帝国的一切华丽装饰都是以剥夺生命的自由为代价的，是在自然世界中筑起的一座意志之城，这个城邦充斥了强蛮的意志，这种意志统领一切趣味和其他精神需求，逐步形成了一部严密的、得到不断补充和完善的律法，而且散发着所谓高尚的道德的气息。

诗人在天地宇宙间吸取自己的欣悦，领受神启，吟咏万物，这个过程将不可避免地接近和洋溢出某种神圣的情感，这种情感具有信仰的意义，是一次与永恒的接通。而永恒性会使虚无短暂的帝国城邦显出孱弱的本质，因此是最大的禁忌。诗人在世俗的城邦中必须掩口、流放甚至彻底禁声。

于是我们也就不难理解，诗与思是统一的。我们更不难理解，在世俗的城邦内，所有只具有娱乐性质的嬉戏是颇受欢迎的，因为这其中没有诗与思，而只有单一的程式和功能，这就是喜庆的吹奏和娱乐。

帝国在很大程度上可以容忍讲故事的人，这一类人有嬉戏的品质，是热闹的点缀，是思与诗的催眠者，即让诗与思睡去。所以那些背离了诗性的各种巧妙或拙劣下流的故事，一般来说是不受城邦巡夜人的限制的。巡夜人偶尔也会驻足倾听说书人，并且忘情地咧开大嘴笑出来。

写作人的晚境

  人人都有晚境,写作人也是一样。不过写作人对于时光的流逝会有另一种敏感,即他用以记录生命的文字的积累方式,会产生一些奇怪的变化。文字是生命的痕迹,这痕迹在生命的脚步催促之下,会有许多始料不及的改变。

  对匆促的时光,生命会有忧虑以至于恐惧。写作人的恐惧,会表现为不顾一切地堆积和倾泻文字。这其实是另一种颓废,而不是真正的积极,更不是生命的激越。一个人无论说过多少,比如以文字的形式说过了许多,也还是有一些话要告诉这个世界。因为这个世界是他所面对的、理解的全部空间了。

  如果不说出他认为很重要的话,作为一个生命就会产生惋惜感,会痛苦和遗憾。每个人都有不同的言说方式,不同的侧重点。写作人会用论说、比喻,以虚构的故事、幻想的诗行、戏剧等来表达这一切。这些表达有速度,有强度,有体积。

  写作人的老境如果追求速度,就会形成相对大的体积。这是必要的吗?这是令人羡慕的吗?已经有许多人在赞赏这个现象了,认为这是令人吃惊的、不绝的创造力。还有人认为这是生命的焰火，是奇迹。

是的，如果我们对劳动，对创造性的劳动还不能够报以掌声，这是吝啬的。不过作为写作人自己，却应该对自己的劳动深长思之了。

因为这不是一般的劳动。尽管我们也常常把写作比喻为田间的耕作，但显而易见还不是那样的一种可以日常进行的体力劳动。这是精神活动，是思维的运动，是极高的智力行为，是包含了社会与道德伦理内容的探索，是审美，是灵魂的跃动。总之，在这种更高级更非凡的劳动中，像体力劳动者那样的勤奋与数量的堆积，也许真的不重要。

美国诗人惠特曼晚年有一句诗："我要减速收帆"。这是一种自知之明，也是让劳动更加卓越的需要。人的阅历在晚境是最丰富的，经验也是最多的，但心脏的力量却在减弱，肌肉的力量也在减弱。他的判断力增强了，但是做出判断所需要的时间却延长了。

于是，接踵而来的一个问题就是，我们的速度要大大延缓下来了，也就是"收帆"的意思。让时世之风劲吹的日子要结束了，因为身躯就是一个船体，是再也经不住劈浪疾驰了。

慢下来的好处是冷静，是沉默，是争取了更多回望的时间，有了远望的机会。这种修整是多半生的辛苦劳作才换来的，如果用"幸福"两个字来形容也并不为过。

写作人更好的比喻也许是一个建筑工：用一生的时光建筑一个教堂。少年时代准备材料，挖掘基础，然后就是青年的大力建设，是中年的主体建成。老年到了，剩下的工作则是难度更大的尖顶部分。这需要在更新的、前所未有的高度上工作，需要精确和细致，更需要坚固。这个尖顶是让整座教堂完工的、指向上苍辽阔的一个关键部分。它建成了，一生的劳动才有终了，才有了最上部的高耸和闪闪发光。

仅仅是比较劳动的数量和体积，最后的尖顶既比不了稳实庞大的基础，也比不了它的主体。但是它标志了高度，指示了方向，使一座宏伟的建筑最后完成。

如果没有最后阶段的工作，没有这样的向上的精准的劳动，而只是向下的堆积，那就会放弃尖顶，只将一些砖石堆向它的基部或周围，这座伟大的建筑永远都完成不了。粗看它的体积增加了，但增加的却不是有机的整体，而是多余的部分。

写作者的晚境何时来临？也许因人而异。五十五？六十？七十？不知道。可能一个人进入六十岁左右，就需要频频回望来路了，需要对前边踩下的精神的足印好好检视一番了。这是自省和批判，是再一次判断。在这样的基础上，会有极为谨慎的、缓慢有力的精准的工作。

这个时期，即所谓的晚境，劳动的数量已经完全不重要了。

科技与道德

这个题目太大了，这不可能是一个感性的命题，而只会是一个严密周备的论述过程。可能这往往需要写出一本书，并且出自一个专门人士的手笔。可是我们非要出于感性来谈论不可，因为这是更加切近的，不能忽略的，是生活的一部分。

道德首先关乎人对自身的认识。怎样看待自己的生命以及生命的状态，这肯定涉及道德的深层问题。比如按基督教的认识，人是有原罪的，因为禁果问题，人变得不再完美，于是需要一生永远处于自省自罪自责的状态，如此才能靠近永恒的正道，即通常说的绝对真理。

这是关于道德的一种说法，然而是极重要的说法，因为人性的确是复杂的，是在人之诞生之初就包含了各种欲望的，人如果不能够对自己保持时刻的警觉，不时时深省和批判，就会走向极可怕的错误，甚至是万劫不复之恶境。人类已知的几千年历史，可以充分说明这些道理。

从这里出发领会"道德"二字，当是一个开始，也是一个根本了。我们由此可以想象和推导出生命与永恒的关系，生命在产生那一刻的不可解的巨大奥秘，即生命被一种无法测知的巨大力量所规定着。

而关于生命发生发展的科技却在不停地给予解码。先是解剖学的出现，让人得知人体即一架机器，有循环系统，有动力系统，有氧气交换系统，有其他一切运转维持这架机器的所有零部件，这才确保一台生命机器获取能量得以运动，以至于零部件最后耗损机器报废的全部道理。接着是细胞学的发展，直到更现代的基因排序。人类自己窥视、接近的生命奥秘越来越多，也更加有能力干涉生命自产生到消亡的许多环节。

从科技发展的意义上说这可能是幸事，但从其他方面讲，却更有可能埋下了不幸。人类在自以为掌握和接近掌握了生命奥秘的同时，对那种深藏于宇宙间的无所不在的神秘力量不再笃信了。人类自信力的增强，也就一定伴随了自己的骄傲，所以深刻的自省、原罪意识也就减弱了。

人类的道德状况于是从这个意识的源头开始，一路走向了滑落。越来越傲慢的人类好像知道得更多，其实是陷入了更大的无知。盲目和骄傲，这是引起道德堕落的开始。

同样是由于在各个领域的科技进步，人类在大自然中所能办到的事情越来越多，如月球及火星的探测，太空活动的频繁，对海洋和地层深处的探究，正日新月异地发展着。这更加使人相信这种科技力的发展是没有局限的，最终可以在无穷的积累中取得最后的无所不能的效果，达到想望的一切。

这其实只是一种误解和错觉。在无限的宇宙中，人类的认识永远是有限的，甚至是微小的。在这种微小的进步和业绩中陷入误区，只会带来更大的骄傲，会自我膨胀，于是在与自然万物的相处中，必然会更加没有自我约束力，没有自省和批判，堕入极不道德的境地。

人类在自然淳朴的环境中形成的一些朴素的观念，更有一种天启的意味。这些观念和认识，都是来自人性中天然存在的知悟力，是天生的良知良能。但是在人类膨胀之后的所谓科技时代，却要加速度地抛弃这些良知良能，视之为老旧愚昧或不科学的部分。人类自认为需要一种与现代科学认识水准相匹配的最新的道德观念，而这种观念一定在很大程度上是满足人类自身欲望的、所谓的"以人为本"的道德观念。这种观念由于扩张了人类自身的欲望和利益，而背离了自然宇宙所规定和包含的绝对真理性，所以一定是走进了谬误，也一定是不道德的。

在对自身生命体的认识上，走向了机器论，于是对生命深深的敬畏就在一定程度上丧失了。在信息的传递上，由于现代网络声像传递的无比便捷，使人类大大压缩了空间感，简直可以让地球的另一面做到讯息共时性。这种便利被比喻成巨大进步的同时，却忽略了由此而带来的诸多问题。比如健康生命所必需的独立空间、必要的不受侵犯的天地、适当的封闭性要求，等权利和自由。

也正是因为另一种自由和条件的丧失，人类每时每刻都受到信息的拥堵和轰炸，无论愿意与否，都会随时处于现代传媒的强大辐射之中，然后患上精神和思想的重症：麻痹。对一切刺激都不再敏感，直至丧失起码的判断力。

人类每天所知道、如同亲临现场般的各种经历太多了，什么大欢乐大痛苦，死亡和出生，耸人听闻的场景，灾变，这一切都在蜂拥而至，接受和感受器官已经麻木，所以不可能总是做出强有力的、甚至是正常的反应了。

人类没有了正常的感动力和行动力，怎么会是"道德"地生活着？"道德"有着绝对的、不以人类喜恶而存在的标准，从这个标准上看，现代科技的发展真的使人类的道德状况普遍下降了。

速度和时间

不知道"相对论"的细部原理。可是我们分明感受了现代生活中速度与时间的奇妙关系。"相对论"好像说速度超过了光速,时间会发生变化,空间也会发生变化。而且因为速度所引起的变化,并非是感觉方面的,而是能够得到科学验证的,是物理学意义上的。

电子光纤技术介入我们的生活之后,现实生活的时空的确发生了变化。"一年"作为重要的度量单位,变得短促了。感觉上短促了,但可能绝不止于"感觉"。时间在绝对意义上变得短促了。

我们宁可相信"古稀"这个概念并没有夸张,七十年的人生被喻为古来罕见。而今九十年都不够罕见,可是人们将原因推到科学进步方面,认为先进的医疗和饮食保健延长了人的寿命。实际上从食物到水和空气,这几个最为有关生命健康的元素显然越来越差了,而医疗在生命陷入顽症之后的补救力并不能从根本上扭转局面。

这里,古人对于生命长度的记录,不是指平均时间,而是说抵达"七十"这个界限是少见的。

今天的一小时与古代的一小时是等值的吗?人们的回答可能是:感觉上快多了,但实际度量的数值是一样的。我们现代人的度量工具精确到了惊人的地步,于是谁也不能怀疑它的可靠性。

我们生活在一个电子时代。我们的度量工具会发生怎样奇妙的变化,倒是大可怀疑。如果我们将古代的"七十"换算成今天的"九十",就找出了实际上的时间计量误差为"二十",这是不是过于荒唐了?

现代人的时间计量误差如果不少于二十年,那么这段时间平均到一生中的每一年每一天中,一定会觉得今天的时间发生了贬值。简单点说,现代人的"一天"比古代人的"一天"要短促得多。这真可怕。

有人为了对付飞速流逝的时间,就回避到人迹罕至的大山里,因为那里既没有车水马龙,也没有光纤电子这一类东西。可是他很快就会发现,一切仍然无济于事。原来时间之短促不是个人感受的缘故,而是实际发生了改变。在寂寞的大山深处,在他所看不见的包围其肉身和山岭的这个空间里,交织着无数电波的传输。这里仍旧是一个电子光纤的世界,这里的时空改变仍将难以逃脱,无法独善其身。

有人说:或者是地球自转加快了的缘故?这或许是一种思考方法。但我们宁可相信一切还要复杂得多,起码就像"相对论"那样复杂和玄妙。这套复杂的理论不属于专业之外的人,它太难以理解了。

比谁读得更少

博览群书通常被认为是一种美德、一种能力、一种足以自豪的经历。但阅读数量的多少,有时不是出于需要,不是理性的作用,而仅仅是由好奇心所决定的。

好奇,寂寞,这才读书。这种阅读的缘由也许属于大多数人,每个人都有可能因此而打开一本书。这是不可避免的。可是就因为偏离了阅读理性,这种阅读极有可能弊大于利。好奇心满足了,一些于我们并不重要,甚至是毫无意义的文字内容却浪费了我们的时间。

除了时间的占用,还有目力的消耗,心情的偏移。我们的兴趣用在了一些基本上无用或无聊的知识上面。知识是形形色色的,消息也是无边无际的,关于人、大千世界,充斥着无穷尽的内容,这其中只有一小部分对我们是不可缺少的。

我们无数次说到阅读之益,却很少分析阅读之害。这种"害"不仅指文字垃圾对人的侵蚀和伤损,更多的是指那些多余的知识与内容在人的记忆中堆积,所形成的难以逆转的困局。

人不是记忆机器,所以他不能随意地忘却和删除记忆。这种照单全收式的视听特征,是人类的困境之所在。一个人可能较早地遗忘那些他不感兴趣的东西,如看过的文字内容;但即便匆匆瞥一眼,也会在脑海中留下一些记忆的碎片。一个成年人的记忆中不知堆积了多少碎片,它们在数据的闸门那儿拥堵,形成流转障碍。

一个手不释卷、逢书便读的书蛀虫,一般都会是一个十足的书呆子。其呆气就因为各种阅读留下的碎片堵塞了思路,而他又不能像一台机器那样清除这些碎片。科学家曾令人宽心地做出解释,说人的一生所使用的脑容量只是几十分之一,另有绝大的空间还在等待开发。实际上真的如此吗?个人的经验中也许恰恰相反,随着年龄的增长,头脑的记忆力、运算能力等都在大幅度下降。

医生会将脑力的退化解释为生理性的。这确为实情之一。更大的可能是人类不会主动地、有选择性地删除记忆。我们一生所知道的事情、记录的内容太多了,这样的贮存工作已经日夜不停地进行了五十年、六十年,或者是近百年。这是令人悲观的实情。

我们实在没有能力处理一生的"数据"。我们于是迟钝了,呆滞了,心有余而力不足了。那些较为睿智的头脑不仅善于记忆,更善于遗忘,已经养成了迅速扔弃的习惯,尽可能将那些无甚价值的内容抛到脑后。这是一种靠长期训练养成的习惯,而不是主动的行为。任何人都没有动手删除记忆的能力。

这就回到了一个话题：是否可以比谁读得更少？忍住好奇心，回到理性阅读上来，这需要依靠更强的意志力。有些书并非无聊，但却不宜沉浸其中。有些书读起来困难，犹如登高攀险，却要认真坚持下来。反复读同一本书，甚至将其背下来，如果确有必要，怎么会劳而无功。

中国古籍，有些经典书目让人望而却步。文字障碍在时间中堆积，最后成为一座座不可翻越的山岭。攀爬这些山岭对于许多人来说是必须的，也许一生都要手脚并用。

比这些中国典籍好读的书太多了，它们占用了阅读的时间。越来越多的人背离了经典，其结果就是走向浅薄。这其实已经是整个民族的哀伤。如果我们比谁读得更少，是否可以从浩如烟海的中国古典中选择一小部分，作为终生的读物？一个人在记忆力最好的时期背诵两三部经典，如《论语》等，将是一生文化之基石。

在网络时代娱乐，在满足欲望中滑落，一代接一代抽去了文明的基石，整个民族就会变得野蛮无知，在相当盲目的文化认知中激越动荡，不再有正常的生存秩序。这种可怕的境况一定是匆忙粗浅的流行阅读盛行，稍微需要一点理性意志的选择都会变得稀微，结果就是产生和孕育出一大批空洞无知的幼稚蛮儿，对这个本来就苦难丛生的社会造成更大的破坏。

现代传媒极为发达的当代，伴随着闪烁屏幕的是海量文字内容及图片声像。这是一种阅读视听的灾难，类似于海啸的力量。

这种呼啸冲刷之后，记忆的大地将一片狼藉。这不是一个追随和加入的时代，而是一个回避和疏离的时代。在这个时代，一个"无知"的人才是博学的人，才会有起码的心理秩序。一个人在心理和精神上做到"秩序井然"是不可能的，但他应该有知识和学术方面的起码条理性：这当然依赖吸取和选择的"简约"，先走入所谓的"无知"，然后才有"笃学"。

当代人最为害怕"无知"，都想做一个广闻博记的人，让各种讯息淹没过顶，最后只能惶惶不可终日。无数的声音从耳边呼啸而过，从此再无安静。我们每个现代人仿佛都注定要陷入一个阅读诡计一样，鲜有例外，鲜有幸免。

让我们还是"懒惰"一些吧，尽可能地做一个"无知"的人。

庸众的兴趣

在一个智者看来,逃离庸众的兴趣是一种幸运。滔天喧声之中,仍有一些格外安静的角落,那里才是喘息之地。许多人的惶惶不可终日恰恰是因为他未能紧随庸众,那种喧嚣简直是其生命意义的证明,是活着的证明。

陷在庸众之中,其实就是另一种死亡,精神和意志的死亡。思想的休眠,生命的麻木,常常会表现为随波逐流。顺河流去的是一根没有生命的枯木。

人不是枯木,而是枝叶生发的一棵树。树木移动意味着死亡,因为立足之地连着根脉,有纤细的神经。它依赖这片不大的泥土,这大千世界中微不足道的一角,一个小小的空间。让一棵树改变立场,等于将它与土地的所有联系全部扯断。

投机于大众趣味,这不仅是知识分子的耻辱,也是任何一个人的耻辱。人的软弱自此开始,而且还遮罩在堂皇的理由中。

迅速在群体中达成一致的所谓思想,更包括艺术,不会是深入的思辨和卓越的呈现。真正的思与诗必有相应的晦涩和幽深,它不可能总是畅晓,也不总是提供众人妥协和接受的平均值。

无可救药的奢望

一个人总会有些奢望的,尽管这是多么值得怜悯,多么悲剧化,多么使之沮丧。每一个人的一生中也许都有过昏聩的时刻,不,即便是清晰的时候,也难免会有奢望产生。这也是人性固有的元素,是人之为人的那一刻,连同所谓的良知良能一起被注入的杂质。

当一个智者刺向庸众的时候,也会渴望被庸众顶礼膜拜。当一个勇士向皇位挑战的同时,也会想象来自对方的赞赏。一个诗人用他的心宣示,一生都将是专制的死敌,却也有可能幻想来自专制的奖励。人有时想做一个例外的侥幸者,想做一个"治外"异人。

祛除最后的一丝奢望者,才有可能是真正的勇者。

正义最有魅力

在邪恶和不公面前,在弱者忍受强暴欺辱的时刻,有人会毫不犹豫地冲上去反抗。这时候他甚至不是奋不顾身,而是本能地做出了反应,简直忘掉了还有个需要自我保护的肉身。

生命作为一个复杂的容器,注满了许多东西,比如爱、怜悯、勇气、邪恶、投机、苟且、欣喜、绝望、悲切、贪婪、骄傲等一切。可是这其中还有正义。正义是一种与其他元素相联系而又多少独立的东西,它潜伏在所有人身上,有多有少,有时醒着有时睡着,有时被其他种种东西压在最底部,一生都难以舒一口气,像死去一般。可是当它醒着时,活跃且敏感的时候,就一定会相当果决和迫切地表达自己。

受屈受辱和不公的欺压发生在他人身上,或许离自己十分遥远,但就因为落在了他的视线之内,他就立刻不可按捺了。他咆哮震怒,不能忍受,不能耽搁,像一头狮子一样扑了过去。这时候双方力量尽管相差悬殊,他仍然没有一丝畏惧,因为发生冲撞和对抗之前并没有经过仔细的计算,也没有考虑结局。

结局怎样他人大致是知道的。但是正义并非为了结局而战，而仅仅是为了正义。

生活中，人身上，如果没有了正义，是多么令人窒息的境况。这就好比生存在氧气稀薄之地，人简直没法顺畅地呼吸。正义还是生命需要的光明，生命不能一直待在黑暗里。只要有了正义，人就可以正常呼吸，就可以伸头看一看这个世界。

古往今来，我们最无法忘记的就是那些为了正义冒死一搏，做出了牺牲的人。它们在那特殊时刻的言与行，永远镌刻在历史上。这其实更是一部心史，割离了心史的所谓历史并不真实。这种恒久的记忆力只能存放心中，因为那是个存放正义的地方。

人们永远感激和钦佩那一部分人，他们的言与行，他们的忘我之勇。更重要的是，他们永远吸引着许许多多的人。这种吸引力之大，是任何其他东西都无法比拟的。

原来正义最有魅力。

才能与邪恶

人世间再也没有类似的东西让人惶惑、矛盾和痛苦的了。我们在很多时候甚至无法将二者在同一个人身上剥离和区分,并因为其中的一部分而多多少少迁就了另一部分。我们愿意给予错爱,或者是相反。这是让我们自身的判断力饱受折磨和考验的时刻。

比如当我们看到一个足够邪恶的人却又呈现出巨大才华的时候,我们就会对他炫目的创造物表现出不知所措。我们不知道该倾心还是该厌弃。因为我们谁也无法将其创造和恶行,和阴邪的品质截然分开。它们本来就相互连结,互为因果,有时甚至有可能出自同一渊源,即强大的生命力量。

如果要举出这样令人痛苦不安和恐惧的例子,那简直太多了。有人在艺术和其他方面表现出不可言喻的才华,却实在是一个极凶残的家伙。有人具备了摧枯拉朽之力,可以在一个历史提供的舞台上叱咤风云,改变他生活其中的这个世界,但同时也能毁灭无数的美与善,将世界的一半乃至更多的部分,推于万劫不复的深渊。

他在创造，又在毁灭。他表现出大善，却洋溢着大恶。他于无处不在的残忍中，又猝不及防地施放出怜悯，表现出对于美的痴迷。

遥远的例子可以在历史记录中，在纸页里。可是我们又能从近在咫尺的现实中，看到类似的人和事。我们或许不止一次遭遇了令人又恨又爱的怪人，一个十足的恶棍和才子。我们可能着迷于他的诗章，却对其处处易见的恶行愤怒不已。这哪里是人，这是畜生，我们会说。但是他的另一些劳绩，大劳绩，却同样显赫地凸显着存在着。世上还有比这种状态更加难以选择和判断的吗？我们拒绝他还是接受他？承认他还是否决他？让结论缓些做出吧，再留些时间。

人的能力与能量是不同的。即便是"才能"这个成词，也是由"才"与"能"组成的，而二者又并不是相同的。但这的确是一种复杂的组合。一个人可以因才华而多能量，也可以是才华平平而能量颇大。一些所谓的"社会活动家"，往往就更偏重于"能"，而非突出了自己的"才"。才华一般表现为创造性的发现，表现为极别致偏僻的思维力，表现为审美的极度敏悟力。而能量既与才华密不可分，又独立表现为行动力，表现为务实处事必不可少的亲和力，以及相应的运筹机心。总之，"能"是可以操作的、进入世俗社会层面的，而"才"在更大程度上是背向这些层面的。

才与能并重并强的人物，会在历史上占有显著的位置。其二者相映生辉所焕发出的光焰,将有长远绵韧的效果。

邪恶的天才,或因其邪恶而更加助推了其天才的创造力,或因其天才而变得更为邪恶。这二者纠缠难分,让人无法评说,矛盾重重。当我们取其一端时,会发现已经扯动了另一端。当邪恶的天才所创造的东西包含社会道德内容时,其邪恶的品质和元素一定会在其中留下痕迹,这时候他的创造品就会受到排斥。但即便如此,有些伦理道德层面的因素或许不至于过分清晰明朗,它可能是隐藏和混合的,所以在接受和评判上也就变得极其复杂了。

一个极邪恶的人创造了超凡的艺术,这艺术尽管在一定时段和空间内得到了推崇,但最终还会被遮蔽一大部分。这是十分自然的现象。邪恶的力量有时也以神秘的方式介入艺术,这种介入最终变为伤害力和破坏力。

我们在无法原谅一个恶魔的同时,也就逐步疏远了他天才的创造力。

文字的繁衍

阅读语言艺术无法离开文字本身，并且要在它的连缀组合中滑行，而后才是由此而来的各种联想、领悟和快感。文字营造了意境氛围，表达了意义和思想，塑造出人物以及讲述了故事。正因为没有文字即没有一切，它是其他的前提，是工具和表象，所以语言艺术中的文字本身占有神秘的地位。文字组合成词汇，然后即是语言表达，是各种方式。工艺性的元素在这种表达和组合中是必不可少的，构成了一个基础。但是它会使操弄者在熟练和痴迷中产生依赖。

依赖一旦养成，成为习惯，就会削弱这种"工艺"的目的。文字乃至于语言本身是具有繁衍力的，这种繁衍也会产生魅力甚至诗意，但它一定是非常有限的。这种因文字本身滋生出的诗意笼罩了写作者，渐渐还会上瘾。这种瘾性化为难以克服的惯性，使其丧失了直取本质的能力。

深刻的感动，哀伤和欣狂，理性的长驱直入，形而上的思虑，都会在文字自我繁衍的习惯前被削弱，就像遇到了屏障一样。如果把文字和语言比喻为一条抵达之路,那么这条路已经结了一层冰,尽管看上去光闪闪的,但思想和艺术之车再也无法尽情飞驰了。

打开一些书籍,将发现似乎并无大错,甚至够得上娴熟和光滑的表述,往往是过于流畅和顺达了。似乎说得太多,不够紧实。很熟悉的语调,没有陌生感。真正的意义掩在一层虚浮的词语下边,它们被隔离了,而且很稀薄。干货不多,不能让情感之类直击肺腑,也没有渗透力。

这就是语言对艺术的伤害。

职业操作者走向自己生涯的末期,告别了最初的生鲜有力之后,最容易对语言文字本身迷恋和自信起来。而这种过于信赖的过程,最先就是把语言的骨骼抽离,或者用更多的浮华之物包裹起来。名词和动词缺少,或隐藏到深处。它们的直率和简洁,力量和干练,恰是表达中最有效的。

真正的语言大师不是饶舌的人,他的主要特征是:言简意赅。

当回忆频频来袭

我们可以认为，文学主要从回忆中滋生。似乎没有多少当即发生的故事成为语言艺术的杰作。从时间到情感，好像都需要在时间里发酵。文学是一种醇酒，它要在记忆的深处酿造。

回忆还是一个写作者讲述的最动人的口吻。大的讲述者都是忆想的天才，他会说自己正在讲的，是一个遥远的故事。在很久很久以前，有些事情已经发生了，这些事情必须记下来，必须得到传播，因为不如此就会被淹没，就会给现在和未来造成极大的遗憾。而眼前正在发生的，则不必那么急躁地讲述，因为每天发生的事情多着呢，令人眼花缭乱，我们对这些都太熟悉了。眼前的事正因为离得太近，所以显得混乱，到底什么事情更重要更值得记忆，这还需要时间帮我们理清一下才好。

如果历时久远还让人感动，不能忘怀，那么就会是有趣或重要的了。回忆是经历了挑选的，回忆是相对珍贵的。故事大师往往是回忆的能手。没有回忆就没有文学。回忆将昨天与今天扯到了一起，回忆让时间变得绵长。仅仅生活在今天，仅仅讲当下的故事，那将是多么单薄的人生。

一般来说，一个人越是年长，也就越是耽于回忆。由此来说，文学又有老年人的特征。这或许还是一种总体性格。这样的总结，对于文学这种语言艺术称得上是一种褒扬吗？我们无法回答。

我们倒宁可让文学永远具有老中青兼有的性格，有那样一种完整的精神体魄。但是众所周知，除非是一个现场报道者的记录文字，任何文学描述都只能是一种过去时。这就是文学的尴尬了。文学可能只得安于回忆。

不过从另一方面来看，回忆又可以是千差万别的，它们的风貌原来也大不相同。回忆文字的青春性格，并不在于它是否记忆了自己的少年故事，而在于是否保持了朝气蓬勃的精神质地，特别要看气质和口吻。讲述者虽然在说久远的往昔，其兴奋的重心却落在了当下，这就是年轻的回忆。他在讲述中无法一直沉浸于往昔，而是把老屋中贮藏的物品一一搬到今天的阳光中。

相反的例子是长久地淹没在陈旧的情感和事件中，不能回返，忘记了眼前的一切，忘记了正在呼吸的是当前的空气。讲述者的思维和情感一直穿行和纠缠于昨天，不让今天的阳光照射进去，可以说是一次长长的梦境，一次沉醉。

沉湎于过去是有意义，甚至是很美好的事情。写作者的基本权利就是回忆。无论一个人写了多少往昔的生活和故事，但其性质仍然还是不同的。比如写作之初的冲动会是不同的。冲动缘于今天还是昨天，这就产生了文字气息和质地的差异。一个人即便对眼前的生活有许多话要说，其话题也完全可能转到过去。

更多地忘记今天，沉浸于昨天，这就是另一回事了。当一个写作者的回忆频频来袭的时候，或许也就进入了人生的总结阶段。这个阶段是沉稳和厚重的，但似乎又少了一些什么。

发现失败的美好

人生会遭遇许多的意想不到。比如胜利和失败,大大小小罗列在那儿,让人承受。胜利给人喜悦,令人精神振作、愉快,给人或长或短的幸福感。人人都希望胜利的眷顾,并且十分熟悉它的感受,那感受往往非常清晰。

比起胜利,失败的感触似乎要复杂一些。失败会使人消沉、沮丧,或者还有委屈。失败引起的愤怒和不平时而出现。它与胜利的色泽是那么不同,它有些灰暗。

谁都会远远躲开失败,害怕与之遭逢。可是它一定会时不时地降临,因为一个人不可能总是胜利。人在生活中难免面临竞争,要接受各种机会的选择。奋斗和努力的结果有时要以失败而告终。失败令人记忆深刻。

可是胜利真的那么好吗?如果仔细辨析,将发现胜利并不是完美无缺。它也会让人过于松弛、恍惚,或许引起沾沾自喜和骄傲的情绪。胜利让人在飘飘然的不安中,心绪多少变得芜杂。所谓"让胜利冲昏了头脑",讲的就是胜利之负面。

失败也并非一无是处。发现失败不那么可怕，甚至还有非常美好的一面，是需要慢慢感悟的。这更是人的一种能力。

失败让人迅速安定下来，在几乎一无所有的境况中冷静许久。这冷静超出了其他任何时刻，简直是无条件的、纯粹的。个人的独处力增强了，思想的判断力也变大了。一种前所未有的笃定在淡淡的惆怅中来临，让人忍住叹息。又一次没有了奢望，于是又一次相信了自己。

"看看吧，我失败了，这样的情形大约还要经受许多次，它或轻或重地让我承受。"这样的认知本身就是一种谅解和达观。原来失败在被自己接受之后，会泛起某种美好的光泽，使人在入夜的暗淡和静谧中，悄悄地享受一阵。这时候千万不要被打扰。

他们为何而来

别林斯基只活了三十七岁。真是一个匆匆来去的人，一个性情峻急的人。这个人虽然在人世间逗留的时间很短，但却对这个世界留下了强烈的看法。他的看法打动了许多人，刺激人心，所以他比那些生活得更久的人更加令人难忘。他不是来自拥挤的城市街区，而是从乡村跋涉而来，在人更多的城市里大声说出自己的看法。城市里各色人等，特别是那些绅士们，一下子惊呆了。

首先是他的形貌，不高，极单薄的身材，塌肩，胸部凹陷。他脸上有麻斑，肺病严重，不停地咳嗽。这个瘦骨嶙峋的人时常给人这样的感觉：除了激情与辩才一无所有。不，他更多的是洞悉力，是对艺术和真理的无比热爱，是无人可比的巨大的道德力量。好像正因为他需要在思想的领域里急速进击和腾挪，上帝才给他一副单薄之极的躯体。

他的一生都在燃烧。这是留给那个国度那个世纪的一团奔突的火光。当时的俄罗斯文学值得一个最杰出的生命如此贡献自己，况且文学从来就不仅仅是一个专业，而是全部思想、道德、灵魂，是整个民族生命质地之映照与复合。所以别林斯基有一句震动人心的话语，即：

"俄国文学是我的生命，我的血。"所以另一位伟大作家柯罗连科才说："我的国家不是俄国，我的国家是俄国文学。"

那个世纪俄国文学人物存活的有普希金、莱蒙托夫、托尔斯泰、陀斯妥耶夫斯基、屠格涅夫。这是一个让人忠诚于文学的国度和时代。我们由此而理解别林斯基和柯罗连科，当时他们的话、对文学之为文学，有更深入的理解。文学固然具备伟大的特质，但一个时期的文学充斥了一些渺小卑琐的代表人物，而后谁还会激动地言说"文学"是自己的"国家"？

别林斯基平时话语艰涩，言辞算不上流畅。但是一旦事关艺术和真理，事关道德，他立刻双目炯炯，渐渐喷吐出逼人的光焰，像豹子一样猛扑上去，直到把对手撕成碎片。他激情不竭，雄辩滔滔，具有"万夫莫当之勇"。这一场声色俱厉的论说无法终止，除非他自己生命的燃料一时用尽，口吐白沫昏厥倒地。

这是一个奋不顾身的人，一个对真理及艺术诸问题极度敏感的天才。匆匆来到，匆匆离去，却对这个世界说出了极为重要的话。这样一个生命引我们发问：他为何而来？同时也启发我们询问自己：我为何而来？

这一年的专注

如果把一个人比作一个世界的话，它将是浩瀚而繁复的。这个人逝去了几千年、几百年，幸好有一些文字刻下了其生命的痕迹。这些文字中最重要的是他生前留下的，也有另一些文字是旁边的人记下的；再其次就是后人对这个生命的注解、感叹和猜悟。

起码可以在长达一年的时间里专注于一个人。这一年主要的工作都面对这一个人，进入他的世界，让思绪和情感遨游。沿途看到的一切都是关于他的，都与之丝缕相连。时时牵动和挂念这个生命，不离不弃，心无旁骛。一年是远远不够的，但暂且专心于这一次旅程。屈原，李白，杜甫，陶渊明，苏东坡；孔子，孟子，荀子，老子，庄子。许多个世界，或者说是一个个行星。这一年仅仅是叩门和相识，是握与别，是进与出。

多么匆促繁乱、嚣声夺人的时代，它可以让人在混浊的雾霾中失去一切，没有方位地沉沦，在一个芜脏的角落默默地死亡。没有一声足以安慰的呼唤，没有一个聊可效法的行者。全是纷杂单薄的影子，全是没有呼吸的假人，他们将道路拥塞。

这短短的一年里结识了一个人，他原来离我并不邈远。他的音容笑貌一点点变得清晰了，一层生疏的淡漠褪去，接着是亲切的笑容。去握他衰老而温热的手，听他的调侃和自嘲，然后又正襟危坐。在那个冷兵器时代，他的思想比火药更激烈迅疾。他的足迹遍布世界，于乱世踏出条条道路。我们沿他的开辟而行，从而走穿了一个个迷宫，看到了人生的地平线。

一个看不到人生地平线的人，就是逼仄可怜的生活。这一年里不过是掀开了一扇门，不过是踏上由此往前的路径。

读康有为

一排排历史的巨浪拍击而过,然后是退潮。退潮之后水体稍稍沉淀下来,使人稍有可能看清没有被卷走的存积。这是有重量的真实,或许也是可珍惜之物。

人们总是忌谈民族的错误,因为通常总认为一个人会犯错误,而一个民族是不会的。

其实民族的选择是一种潮流,凡潮流只会因地势与合流而冲决某个方向。这种冲决不一定是理性的。民族的理性来自强大的个体,这些个体如果不足以左右自己的民族,这个民族就会犯错误。

在"改良"与"革命"之间,众所周知选择了后者。前者是晦涩的,隐忍的。后者是激情的,青春的,饱含了滴血的浪漫。暴力在观感上是壮美的,比如巨大的牺牲之美、殉难之美。然而牺牲和殉难者本身是再无生还之机的,将就此消失。

暴力赢得的一切,要悉数偿还。这正是改良主义者所惧怕的。尽最大可能拒绝暴力,被看成是苟且和软弱,甚至是投诚和背叛。

暴力是勇气，可是又为什么不可以看成是理性的怯懦？

改造人的知识与品德，改变社会的意识和习俗，这是多么缓慢的事业。漫长无尽的关于一个民族的教育，是需要一块块砖石垒彻的。伟大的韧性后面藏起的是超人的坚毅，是宏远的目光。

可是所有人都厌弃腐朽的声音。这声音多像和事佬的规劝。时代的长者往往被看成衰老的、行将退出历史舞台的人。可是长者的智慧却属于整个民族。当一个群体热血沸腾的时候，这个群体最欢迎青春当家。青春是最具有可观赏性的，并意味着前途正远。但青春总会耗尽的，这耗尽之后又怎么办？当难以为继的岁月来临，这岁月不是显出了它格外漫长和贫瘠的面目吗？

这个时候再回寻长者的声音，哪怕想听到一声腐朽的呼唤，都已经来不及了。一个民族容下腐朽的声音，再容下青春的声音，这个民族肯定是博大的。二者不能兼容，也不能相互兼听，时代的悲剧就到来了。

人人争做青春的儿子，其实仅仅是跟随了潮流。真理如果总是站在潮流一边该多好啊，可惜我们越来越怀疑这一点。

真鲁迅

一代代阅读鲁迅，积累了多少声音多少文字。无私的阅读者并非随处可见，冷静和清醒的阅读者十分珍贵。鲁迅之被广泛援引，当然是因为隽永的文字和深刻的思想，另一方面还因其直面生活的斗争性。人类生存之难，决定了要争执，所以也就要从有力的战斗之声中寻到支持。

鲁迅有勇气，不畏惧，敢于近身缠斗，百折不挠。这是通识，是得到广大呼应的看法。可是仅有这些看法，也许会把一个更真实的鲁迅遮在后面。

真鲁迅不仅如此。真鲁迅并非一味果决战斗，还有矛盾重重的犹豫和痛苦，主要还有对一切战斗和冲决的怀疑与反对。他对暴力是持极大怀疑态度的，而并不是一切暴力的拥赞者。他当然也知道改良之难。但他深愤不已的，是在中国连搬动一张桌子都要流血。无处不暴力，一部永无绝书的暴力史，是鲁迅先生深恶痛绝的。这种暴力的结果，永远是狼藉一片和民不聊生，是无穷尽的苦难。

鲁迅的"一个都不饶恕"、两颗割下的人头仍在追咬、以牙还牙、不宽容等言语和画面都被人深深地记住了。这说明鲁迅是赞扬战士的，是可以披挂上阵的革命者。可是如果看其作品《阿Q正传》《药》《风波》，还有《致山西榴花文艺社的信》等，又感到他对暴力的怀疑，对种种革命的失望。

中国的改良者往往也是失败者。没有一个理性的民族，改良提倡者就失去了广大的基础。这样的土壤只配生长暴力之花，开出的花瓣一律都是血色的。这片土地上没有黄的、粉的和白的、蓝的等交错的百花烂漫。不以暴力抗恶、只讲非暴力不合作，这样美好而坚韧的斗争不太可能发生在中国。因为在绝对的野蛮和凶残面前，那种斯文很快被鲜血染透。鲁迅也正是在这种悖论面前，才无法肯定地指出一条生路。他是矛盾重重的痛苦者，是最深广的忧愤者。

鲁迅先生陷入了两难。

如果敌手有一丝绅士气，哪怕是虚伪一点的仁慈和悲悯，改良主义也有了一寸土壤，非暴力不合作主义也露出了一线微光。可惜这里不是那样的国度。敌手一定是卑鄙之极残酷之极、一定是为了目标不择手段的无赖。既然如此，与之斗争者只要想望胜利，也就需要十二分的勇力与牺牲。

可是暴力到底意味着什么，鲁迅先生太明白了。他的全部文字综合去看，忧愤和悲悯、两难与无奈才是主流。他尤其不是一个不顾一切的战士，更不是一个暴力主义者。

水汽弥漫的大河

马克·吐温绘出的文学之河是湿漉漉的、水汽迷漫的。他的所有文字都浸泡在其中。这虽然因为他写出了哈克·贝利芬那条有名的筏子,还因为他当过水手并取了"水深二英寻"的笔名。关于水的作品太多了,这当然与他早年的生涯分不开。他特别熟悉水故事,讲起来流畅自如。

即便不写水,他的故事也极具水性。马克·吐温的文字绝不干燥。这在一个满是纵横之流的大陆之子而言,是十分自然的事情。就此可以回想一下同为美国作家的梭罗、爱默生、福克纳与海明威,这个名单还能开下去,他们都是富于水性的,浪漫,开阔,不拘一格。

大陆型作家辽阔自然却不一定是水性十足的。一个温暖的大陆尤其会潮湿。这片阔大的土地如果再寒冷一些,就有了另一种类型的作家,如托尔斯泰、陀思妥耶夫斯基等。西伯利亚同样是一片大陆,但那里太冷了,马克·吐温无法在那里讲出诸多笑话。

中国北方作家笔下的水汽不够,因为他们的大地上大半时间都是干旱的。沿海一线是湿润的，但这毕竟不是内陆那种湿，不是河流和湖泊挥发出的湿。水漉漉的人和事，故事，散发出另一种声色。

当马克·吐温在稍微干爽的地方建起一座房子，生起火炉，安顿了一个小家时，他会感到格外地安怡和幸福。这个时期他找到了安居的大陆，然后就开始回忆往昔。他的往昔还是有那么多水。他在想象中又回到了船和筏子上。

三大关系

一个目光浅近的族群,他们形成的全部文字内容有一个特征,就是过于专注人与社会的关系。好像作为一个生命、一群生命,除了做一个社会的人、与他人发生各种关系,再无其他。这几乎就是生命的全部内容。

人与社会相处的各种技能、规范、矛盾和冲突,所谓的民族矛盾、阶层矛盾,利益的取得及诸种纠扯,也就占据了智力和情感的大部。人成为有组织的动物,有阶层的动物,趋于利益的动物,而这几乎是唯一的存在方式。

这样的族群起码有三大关系是一直被忽略的,这种忽略使其降低到最浅近的层面,即物质的和当下需求特别是生理需求。这等于放弃了仰望的机会、自省的机会,视线从辽阔处收拢到手中的务实操劳上。于是只有局部而没有全局,只有身的饥感而没有心灵的痛感。

第一是人与冥冥之力的关系。这种力可以不以"神"的概念去表述,但却须认为是在一种超乎理解的无所不在的规定力,它左右了宇宙间的一切。这种力创造和决定了世界,是超验的、无形无迹的。人在这种力面前是无比渺小的,无论做出多少努力,都难以抵达可以自信和骄傲的地步。所以人就必须心存敬畏,这敬畏不是迷信,而是理性的极致。人只有如此才能理解自己的局限和残缺,也才有趋向完美的永恒信念。人真正做到朴实和诚恳,也就一定得承认自己的无能和无知。

第二是人与自然的关系。人生活在大地和天空之间,这二者都是苍茫无解的。从无尽的星空到天地间万千事物的变幻、生灵的交织,一切都给人目不暇接和永远等待破解的感受。人无法穷尽大地与星空的奥秘,却像一粒微光一样在此空间漂移和迁徙。人作为一个小小的生命,其基本的也是最大的背景就是大自然。大自然由何创造,并且又滋生出多少奇迹,这些全部都需要人类去思悟。比如无际的蔚蓝的海洋,这远比立足的泥土更阔大神秘的存在,又是另一个生命的摇篮。人的视野无法含纳海洋,只将其与更为深邃的星空连接起来。所谓的天水一色,构成了大自然的神幕,人类在这片幕布前踽踽而行,是最微小的存在。心无法不在永久的自然探索中,时不时地感到惊喜和困惑。

第三是人与自我的关系。一个醒着的生命既面对外部的奇迹,又惊讶于自身。人由何而来往何而去,这足以纠缠所有的人生。人因为自身的缺憾和局限、为罪孽为欲念而感到的痛苦,将是伴随始终的。人的道德自这种痛苦滋生出来。个人的生命世界是混浊与清明共存的,祛除这混浊应该是一生的使命。人将面临生存的无数考验，于是无数次的验证和试探也就开始了。这个旅程是危机重重的，不得不使人如履薄冰。这将是痛悔和喜悦交织的道路，人不应该拒绝和恐惧于这条道路。

一个族群的堕落渺小，一般来说是背离了这三大关系的缘故。如果说文字是生命的痕迹，那么就让我们展读它们吧，它是不同族群留下的生命指纹。从古到今，这些纹路会因为其质地的不同而发生变化，这几乎是无可隐匿的。

全部文字中，最可以大面积彰显生命奥秘的也许是文学。我们由此可以明白当代文学之可悲，正意味着一个族群之可悲。

作品的空间

作品给人的空间感是不同的。这里仅以文学作品为例。文字构筑的艺术世界千差万别，从线型、片状，到立体结构，这诸多差异往往是由空间感的强弱所决定的。

就一部独立的艺术品看是这样，就同一位艺术家的创作品看也是这样。有的作家由不同的作品构成一条连绵不绝的艺术长廊，而有的则不一定。艺术思维的连绵性是令人赞叹的，却会在一定程度上削弱作品之间的空间。

作家或艺术家需要走入艺术的"遗忘"，让现实生活的水流尽可能将其带入陌生的领域。这种创作和思维的"停滞"或"中断"状态是不可或缺的。作家不能总是置身于同一个世界，倒是要及时抽身而去。这种"离去"是"遗忘"的开始，让同一种、某一种艺术场景无法演进下去。

缺少空间感的作家也许是多产的，但作品之间没有开阔的"空白"。这"空白"其实是有内容的，它就是一生创作的长卷中所省略的部分，夸张一点讲，这可以算作整个创作的一部分，是

"已知"的删除，就像某位作家谈过的，这删除的部分作家心里是知道的，不然这删除就变成一个大窟窿。这个道理是谈一部作品，但这里延伸到其一生的创作，也差不多。

这里不由得想到海明威。其作品数量中等偏下，质量参差不齐。但空间感非常强。他的作品与作品之间往往预留了开阔的地带。所以就其艺术表达的世界而言，并没有因为所耗笔墨之少而显得单薄或狭窄。

海明威时常从他经营的艺术中离去。他去了战场、猎场和渔场，还有酒场。他令人可惜地荒废着自己宝贵的写作时光。可是他晒得黝黑的皮肤下，是生鲜的意识在流动，这种血脉的循环使其有可能维持新一轮创作。

他或许无意间破坏了自己工作的连绵性。这让他留下了一些宝贵的"空白"。他于是以少胜多。

闲暇者

有一些艺术、一些思想，是属于那些衣食无忧的闲暇者的。平时所普及的某些习惯性思维，如认为"劳动人民"最聪明，其"劳动"主要指体力工作，"劳动人民"指底层的物质创造者。那么拥有了大量物质的人士，则是平庸和笨拙的。

展开一卷文化和艺术历史，事实却往往并非如此。如一些大的哲学家，其中的多数都是极为富有的人。他们显然并没有因为富有而颓废，或变得愚不可及。相反，他们在一种高雅的文化艺术环境中生活，自小接受了良好的教育，形成了高级的趣味。及至成年，更无须为生存奔波操劳，于是有大量"无所事事"的时间和空间。他们的思绪更多在无关乎现实利益的方向上停留。于是他们可以走入深邃的玄思，可以推导最偏僻也是最艰涩的人生问题，可以关怀形而上的问题。

一个在物质生存的困窘中不断突围的人，最需要解决的都是极为迫切的东西，他们更有可能是一个现实主义者。

有时候这种"现实"会将人的思维引向深刻，却难以导向高阔。某种高蹈的气质，优雅的品性，甚至不是一代人能够蓄养的。财富也许不值得崇拜，精神却非常神秘地存在着。闲暇与精神活动的关系，是极为复杂难测的。因为闲暇而产生的那份思想与艺术，常常是不可替代的。

另一枚硬币

仅仅作为一个反对者,即便勇敢,也需思量。赞同者和反对者许多时候是在同一个水准上的,既无道德优势,也无更多智慧。其思想的方式甚至是相同的,其语言方式行为方式,都似曾相识。

"民间"可以激烈地反对"体制",却酷似"体制";"底层"英勇地抵抗"权势",却像"权势"一样蛮横。原来这只是硬币的正反面,它们都属于同一枚硬币,并没有性质的根本不同。

有人曾经问过:你是否尝试做另一枚硬币?

这是一句多么朴素的设问。但许多人只忙着做硬币的另一面、反面,却忘记了世界上还有许多许多硬币。离开了同一枚硬币就忘记了一切,丢弃了语言、思想、行为、主意,一切的一切,真是人性的怪异,民族的怪异。

人在许多时候不必追随同一种声音。人本来就有自己的声音。作为一个反对者,一定与许多反对者站在一起,使用同一种手段,并且这手段与被反对者相差无几,又有什么意义?

"你是我们'底层'吗?""不,我不是,我是我自己。""你属于我们'民间'吗?""不，我不属于，我是我自己。"

回到自己，多么简单，可又多么艰难。个人真的消失了，死亡了，如今只有"我们"。这是个可疑的复合物。

时常有一篇文字送到面前，请签字。反对，拥护，或仅仅为了表达一种欣悦和幸福。可是这篇文字的大部分或某一部分是他人的意思，由他人所撰。这是多么荒谬的事情。撰写者忘记了，个人的力量是同样强大的、值得信赖的，尤其在思想的层面上，群体常常是一个虚假的幌子，那是胆怯的表现。你只需表达个人的意见，这正是你的权利。你的表述之章，每一句每一节都与他人相同，这怎么可能？你想让许多人服从自己，还是转而服从许多人？

这是一个问题。

2014 年 8 月

辑四

/ 自然、自我与创造 /

仙人今何在

书山有路

南京在 20 世纪 80 年代，给人印象最深的是路边的大法桐树，到处都是大法桐树，这是在别的城市没有看到的。三十多年过去，现在南京给人印象最深的却是"先锋书店"。进到这里即潜入书海。一踏入大门，看到墙上嵌满了书，木案上堆满了书。往前走一会儿还要左拐，竟然需要爬一个大坡，两边全是码得整整齐齐的成堆的书，正好应了那句古训：书山有路勤为径。随着登高，更大的一片书的海洋在眼前展开，如浪涌一样滔滔翻滚。从来没看到这么气派的书店。海外有些书店很气派，比如第一次在美国看到一个大书店，曾令人很是震撼；而今天看到的"先锋书店"让人更加震撼。往上攀登，书的浪涌仿佛开始凝固，化为山岭，一岭一岭迎过来。这个书店的品位很高，书很高雅。

所谓"密档"

有人认为《独药师》是作者依据多少年前在档案馆发现的一箱密档写成的。这显然来自书前面的"楔子"。需要说明的是，这只是一本书的结构方式。"楔子"中所叙述的，只有一个经历是真实的，即作者的确在档案馆工作了许多年。历史档案里记录的事情很多，但像《独药师》中涉及的材料，也许是极难觅得的。文学的世界与现实的世界，当然是不同的，前者来自创造。

从大的方面看，书中写了一段真实的历史。那是辛亥革命前期，胶东半岛曾是革命党活动最频繁、跟清朝政府斗争最激烈的地区。"五四"前期的新文化运动，那里也是一个前线。许多人都把北京和广州作为重镇，那里的新学传播火炽，知识分子极为活跃。实际上胶东半岛是国外传教士、基督教登陆比较早的地方，也是北方最早登陆之地，所以中西文化在这里发生了激烈冲突。辛亥革命党的重要人物徐镜心的主要活动地域就在半岛，他在那里的名声如雷贯耳。这本书的主要部分是围绕这个传奇人物展开的。

半岛地区在古代一直是方士的大本营，研究长生术的风气很盛，所以书中自然要写到这些内容。这里出现了"乱世养生"这样的概念，因为对于主张养生的人来说，生逢乱世做什么都没有意义,唯一要做的就是应该好好保存自己的生命,其他一切都谈不上。这是第一等的人生要务,要完成太难了。还有人认为一个人处于这样的时世,唯一应该做的一件事就是好好去爱一场,以全部生命投入,火热而真诚,这才有意义。所以书中就写到为爱不惜一切的几个人物。爱情,革命,暴力,宗教,长生,它们合在一起,交织一体,书写和塑造着一个动荡的时世。

书中附录了《管家手记》,里面发生的所有大事件都是历史实录,年月日俱在,只是个别人名做了处理。这附录的内容本来应该是书的主干,但那样一一展开,最后会是很长的篇幅,大概又成了传统意义上的"史诗式"写法。现代读者没有时间看,这只是一个方面;另一方面,在现代主义的文学演进中,小说的结构和其他要求已经大大不同了,应该说是更有难度了。所以最后,就是把生活与历史的"局部"放大,成为现在的这本书,而原来的"主干",却简化和凝缩为附录,存于正文之后。

仙人今何在

求仙问道和长生不老的传统,在中国是十分漫长的。在现代科学高度发达的今天,许多人会认为成仙的追求是多么荒唐可笑的事,而古人却绝对不会这样看。历史记载中,寻仙是一件大事,追求长生是最大的事,可以终生为之。当时的一些智慧人物和权势人物都深深地参与了这样的事业，比如大诗人李白和秦始皇。这些人，我们可不能简单地将其看成是愚昧的傻瓜。

半岛地区为什么有那么多关于仙人的传说？深入这个地方，直到现在还会听到老人谈论长生不老的事情。关于长生的探索和修炼方法，在那里是实在而具体的，如果在别的地方就成了虚幻缥缈的传奇。半岛是齐文化的大本营，比如曾经出过徐福这一类人物。

徐福是秦始皇感兴趣的一个人，这不是传说，而是记到了《史记》中的。他当年被秦始皇召去，指派其领一个庞大的船队远渡重洋寻找仙人，找长生不老药。今天的研究者认为徐福到过朝鲜半岛，最后抵达了日本列岛，这是确凿无疑的。江苏连云港有个地方叫赣榆，那里的人认为徐福是他们的老乡，并为此成立了徐福研究会。在中国，研究徐福求仙及渡海的有多少个组织？有人统计了一下，到目前为止共有二十一个。徐福的最终落脚地日本也有这样的组织，而且很巧，正好也是二十一个。

可见长生不老，是人类面临的一个巨大诱惑。这是一个梦想，也是一个等待破解的科学命题。但问题是，从古至今，一方面人类要追求长生不老当"仙人"，另一方面又总是躲不开暴力，在永无休止的战争中自戕生命。人类在这两种状态下生存，蛮可怕也蛮有张力的。

保守自有好处

关于网络时代阅读的一些困惑和忧虑，这些年实在谈得不少。现在手机阅读、各种电子阅读占用了人们很多时间，据说是出现了"井喷"。一些人本来不读书，有了电子阅读工具也就不停地读起来。这听起来是一个多么大的进步，起码不是坏事情。但也另有人表示了极大的忧虑，认为这种新兴的阅读方式更多是造成了碎片化阅读和浅阅读，对一个族群来说绝对不是什么好事情。或许这种忧虑有一定道理，不过我们任何人都阻止不了这股新的潮流，只能任其发展下去。

每个人的经验中都不难体认，事实上这种电子阅读与纸质阅读还是两码事，可以说是一般的娱乐与深入享受文字艺术的区别。电子阅读方式终究还是取代不了纸质书，那种情形下，更多的是知道了很多事情，沉浸陶醉的程度与读纸质书会有极大差异。有人认为这可能不是在培植一个民族的良好阅读习惯，相反，会造成一种损害：匆促急切，浮光掠影，不求甚解，难以深入思悟，等等。

面对阅读的网络化电子化，忧虑是一方面，乐观也是一方面。或许这并不像一些人预测的那样，会成为不可逆转的历史潮流，可能并不完全是这样。随着时间的演进，一种事物发展到一定程度就要逆转。比如统计中，整个世界范围里，电子出版物大幅下降，而纸质书的印刷却在节节攀升。三十年前人们还在感叹，说以后不会有书籍民，连办公都不需要纸了，所谓的进入"无纸办公时代"。结果几十年之后的今天，完全不是这个样子。城市里还有成山成岭的书山，几乎每个出版社出版的种类和数量都是十几年前的几十倍上百倍。除了实体书店还有网上销售，纸质书正在大行其道。至于办公室，纸张的消耗比几十年前翻倍增长，我们一点办法都没有。

人们早就忧虑纸质书的消亡，恐惧网络电子的泛滥，认为它会淹没一切传统媒介，现实却不是这样。新闻传播是一回事，文学与学术又是另一回事。就文学来说，网络上那些文字跟我们所说的雅文学纯文学写作几乎没有关系。那是另一种娱乐方式，与纯文学是完全不交界的。在生活中，一个人无论有怎样严肃的高雅的阅读，有时候还是需要放松一下娱乐一下，所以偶尔还会看一下电视。但是这并不意味着他们再也不能回到雅文学里去。每天听通俗歌曲，如果有一个能听懂纯音乐的耳朵，就仍然还会回到交响乐里去。人的欣赏、接受趣味，总是呈现出多个层面。

任何事物都有自己的演化轨迹。阅读是自由的，人需要满足各种各样的需求，最高的东西和最低的东西都有人接受。许多突然兴盛的东西也不是恒定和永久的，也要经历变化。西方的电子阅读电子出版之类比我们兴起得要早，可是他们的纸质书增长却更早也更高。网络说到底只是一个载体，一个通常所说的"园地"。我们在许多时候相信一些古老的事物,保守一点,可能自有好处。比如说我们的科技一日千里,发生了多么重大的飞跃,早就能够登月了,而后据说还要登上火星,但即便是如此大的进步,我们的日常生活中仍然要使用镰刀和锤子。这些东西变了吗?比如剪刀变了吗?筷子变了吗?没有。一些最基本的东西不会变的,我们只需要好好使用它就是了,谁也不能因为科技进步一日千里而吓得把筷子扔掉。

  书籍是不会消亡的。它将伴随人类走向很远很远。直到现在,我们仍然可以信赖书籍。

对自己的评价

  常有人问作者自己最满意的作品是什么。近来一位评论家的话可以用来参考,他提到了这样三本书:《古船》《九月寓言》和《独药师》。作者个人是否认可是另一回事,因为这种提问对于写作者来说从来都是比较尖锐的。《独药师》刚出版不久,还要经受时间的检验。一本书要经历很长的时间才能看得清。作者愿意把《外省书》和《刺猬歌》放在其中,愿意把《丑行或浪漫》放在其中。作品是作者的孩子,当年他倾尽心力和情感,所以不愿抛下任何一个。因为它们各有自己不可替代的长处。人们习惯上愿意找出三部作品,让它们各占一个点,仿佛几何学上三角形的稳定性一样。

写《古船》的时候二十七八岁，自觉成熟，满腔热血，生命紧绷，那种饱满的状态后来无论如何都是不可比的。有人说作家的第一本书最值得重视，但它不是第一本书，只是第一部长篇。第一本书好像押进了作家的全部热情、精力，把全部的爱恨都放入其中了。作者当然对第一部长篇格外看重，认为它就像生命一样珍贵。能够用生命去比喻的一本书，似乎可以想象它的价值。最初的作品如果技术上有很多弱点，那么青春的勇气，生命的饱满，却完全不是后来的文学技巧所能弥补和取代的。

《九月寓言》是作者的一个梦想，这之前和这之后，或者都不可能写出更好的文字了。

还有一部书不得不提，就是《你在高原》。它耗去了作者二十二年的心血，成为一场极其复杂极其浩繁的表达。为它付出了怎样的心血和劳动，大概只有作者自己知道。

2017年5月13日，于南京先锋书店

自然、自我与创造

自然和自我

威海地处大陆最东端，拥有最长的海岸线，无数岛屿和海岬，是半岛地区最美的城市。在生态环境普遍恶化的21世纪，能够居住在这样的地方已属奢侈了。一个人长期住在这里也许会习以为常，初来乍到者却一定要惊讶和兴奋。看海边原野灌木丛林，到处清新洁净，真是进入了大蓝大绿的梦幻世界。

大自然会陶冶人的心灵。一片山水总要孕育自己的文化，培育出独特的艺术个体。我们平常说的"一方水土养一方人"，不仅指物质层面，也指文化，指精神的滋养和成长。

我们在主观上意识到这一点，可能也十分重要。

大概有几十年的时间了，大家最常用的一个词就是"自我"，经常谈论它。许多人动辄讲到自己的苦恼：找不到"自我"。谁能找得到？这对于每个人来说可能都是一件很困难的事。那么"自然"和"自我"有没有联系？当然有。没有大自然这个母体，

"我"就不会存在。

"自我"这个概念几乎等同于"我"。但它们其实还是不同的,特别是从精神现象学、心理学和哲学的意义上谈论它们的时候。翻开一些辞典,关于"自我"的解释也不相同,有的稍稍复杂一些。不过大致上都把"我"分为三个层面:"本我"、"超我"和"自我"。

"本我"大致就是那个拥有生命本能的、原来的"我"。人总不能把本能去掉,作为一种高级生物,他对食物、对自然环境的适应,一些自然的生理与精神的需求和欲望,都源于一种本能。这是不依赖后天学习而天生具备的一种能力,是生命的本来属性。各种动物都有本能,植物也有。比如仙人掌这种植物,它就特别耐旱,用肥厚的茎叶储存水分,可以抵抗极其干燥的自然环境。而柳树,在水里面泡半截也会活得很好。这涉及一个生命本来就有的能力和特质。他(它)来自哪里,从什么自然环境里诞生和生存,是这些复杂的因素决定了其本能和属性。

一个人诞生了,除了生活在自然环境中,还要生活在一种社会关系中。长期以来人类形成的一些文明准则、道德伦理标准,会对一个人加以改造,提出要求。社会潮流、经济政治各个方面都会影响到一个人的趣味和观念。社会将赋予人某些责任,这会极大地改造那个本来的我(本我),超越原来的我,所以称之为"超我"。

第三个层面就是一个人对"本我"与"超我"的整合以及平

衡了，是经过理性选择之后形成的结果，通常来说这个结果应该是最理想的，也就是我们今天谈论的"自我"了。人的一生都在自觉不自觉地寻找它，因为比较起来它算是最好的、最有益于自己的选择。如果人的一生只依赖本能去生活会是糟糕的，一些很原始的欲望要悉数满足，自己受不了社会也受不了，必然会受到人类文明规范的改造与限制。但是一旦这种来自客观的牵制过于强大，走到了另一个极端，将自然人完全变成社会人，即一切按照外部世界的要求和召唤去做，恐怕也会很累很痛苦。

每个人总会有不同于他人、不同于一般社会要求的个人天地，一个人怎样保留这块天地，在本来欲望与社会要求之间做出最适合自己的抉择，于二者之间找到一个平衡点与和谐点，是最重要的事情。这就是把个人的生存利益最大化。

这里所说的"利益最大化"必须是一种理性的把握，而不是一般的利己主义，因为那样仍然要伤害他人和社会，做不到与客观环境和谐相处，所以自己也必然被来自客观世界的反击力量所摧折，产生新的痛苦。可见"自我"并不等于"自私"，而是理性和真实、合理与自信的人生选择。这里强调的是人的自由和理性，这才是幸福的基础。

失去了这个基础会有强大的创造力吗？我们可以从这里进入文学和艺术的探讨。

真正的成功者

人生总是渴望成功,这不仅是艺术创作,而是所有工作和生活的重要目的之一,或者说是主要目的。谁是成功者?从一个重要的生命维度上考察,应该是那些活得最愉快的人,或者准确点说,是那些拥有愉快心情时间最长的人。这个标准大概不会有谁真的反对,因为实际上就是这样:人的一切作为和后果,最后不过是返回到心情,回到感受上来。感受不到幸福,幸福也就不存在了。一个人拥有巨量钱财,获得了极高的世俗地位或名誉之后,却不一定活得愉快。从世俗意义上看,有的人"成就"并不少,可惜这一切并没有使他变得愉快起来,相反,倒有了更多的忧虑,甚至多半时间里被悲伤和恐惧所折磨,被忐忑不安和困惑围笼,这又怎么算得上成功?不,这样的人生已经在很大程度上失败了。

有人会问,那些"先天下之忧而忧"者难道就不能谈成功了?这些人的确常怀忧患,可他们也正是因为忧患才发奋,才创造出自己的业绩,这种人生不仅不能否定,而且还由于崇高而备受尊敬。事实上这些人的"不愉快"完全不同于人们所谈论的那些庸常琐屑,而是发生于远大的目标,所以不能混同于前面谈论的那些"不愉快",绝不是什么"小人长戚戚"。

从世俗的角度看,有的人似乎各方面的条件都很一般,却能凭借心灵的优异，在大多数时间里活得豁达爽朗。我们于是可以说这个人是成功者，在很大程度上做出这样的界定。这种界定也许并不依赖他人的观感，不是采用外在标准，而是具体到他自己的实实在在的感受。愉快来自心灵的充实，所以他是真正的成功者。谁给了他这样一种素质和能力？或者源于天性，而天性是不能讨论的，也很难追求：有人天生就快乐，少有愁事，而有的人天生就多忧多虑。让后者像前者一样是不可能的。这就涉及"本我"的问题了。

但是如果把一切都推到天性方面，显然也过于简单了，因为事实上并非如此。人生在开始的时候总是比较快乐的，儿童像小狗小猫一样欢乐，一旦长大忧愁也就来了。可见社会关系的"总和"是相当沉重的，它作用于人生之后，人也就不再轻松了，会增加很多忧虑和痛苦。人一"懂事"慢慢就不愉快了，这里的"事"主要是指一些社会知识。一个人"懂事"越多，莫名的恐惧和忧虑就越多，担心的东西越多，提防的东西越多。

社会对人的改造力是巨大的，它无时无刻不在改变人的心情，随着时间的推移，心里会堆积很多东西，这就是时间里的"黄沙"。人的不愉快大都是"黄沙"压迫的结果。本来一天过得很好，心情愉快，可是一个不好的消息就把这种状态破坏了。或者感受到某种力量在威胁和伤害，某种忧虑正在逼近，人也就不再愉快了。有时追求某一件事，折腾了很久还不成功，就难免会有失败感和屈辱感。除了这些还有贫困问题，疾病问题，终极问题，等等。财富也会带来痛苦，物质的丰富和贫瘠都可能带来沮丧。人类文明中已经形成的许多伦理道德层面的元素，也会施加一些特别的痛苦。当然，欢乐也会来自这些方面。

人的不自由是痛苦的总根源。来自各方面的羁绊太多，怎样尽力克服那些不利于心灵的因素，抛弃那些能够搅乱心情的琐屑和芜杂，成了每个人面临的一大难题。这个过程其实就是在寻找"自我"。"自我"有什么用？它的最大作用，无非就是让自己尽可能地变得自由自在一些，在最大程度上变得轻松愉快起来。

一个人大部分时间被恐惧和沮丧缠住，再要葆有强大的创造力，特别是艺术创造力，几乎是不可能的，因为心灵不自由就难以释放自己的创造力。人生当中所接受的社会层面的改造，就心灵自由来说有些是正面的，有些是负面的。有时候为了让自己服从于一个观念、跟随一种潮流、遵循既定的一些规则，"自我"就完全丧失了，这后果是极其严重的，会给人带来极大的痛苦。那些观念和潮流以及规则，有时有利于社会的发展和个性的成长，是人类共同的文明成果，有些则相反。我们知道有很多的原理、定理，包括一些常识，一代又一代人积累的关于科学和真理的追求，都属于这一类文明成果。这些成果对于我们个人的发展当然是积极的，或者说主要是积极的。但是潮流与观念之中会有一部分是浮浅而虚妄的，它很粗暴，将蛮横地剥夺一个人最宝贵的东西，这就是选择力和判断力，是每个人生来就要拥有的基本权利。人一旦失去了这种自由，也就失去了寻找"自我"的可能性。

丧失了作为一个生命应有的立场、见解与判断，也只好随波逐流。他人的意见代替了自己的意见，个人的生活不复存在。一个人本来应该具有的、有别于他人的愿望和趣味，这时都没有了位置。人在这时候再去谈论创造和成功，就成了荒谬的事。这时候偶有一点快乐，也是愚昧无知带来的，是极短暂极不稳定的。

不同的时代

现在我们打开一本文学书籍和杂志，读下来会发现很多文章的气息非常接近：造句方式，语调，都似曾相识。网络时代的传播力很强，某种流行的语调很快就能感染一大片，让许多人说话的口气变得大同小异。这是时代腔。再看下去，还会注意到许多文章主题类似，内容也差不多。文学写作一旦被统一到同一种语调里，更不要说思想内容了，肯定是没什么意义的。这等于不停地复制，是浪费。

网络时代铺天盖地的喧哗不等于创造的千姿百态，相反，还会制造出新的概念化和单一化。每个时期都有这种可能，都需要警惕。回头看20世纪七八十年代为数极少的文学杂志和书，很容易就看出那种"时代腔"：浓浓的火药味，内容几乎全是阶级斗争。今天则走向了另一个极端：物质主义，欲望泛滥。过去的文学几乎没有性，而今天的作品中最常见的就是性。

两个时期的文学可以对照，让人反思互鉴。我们曾经经历的那个文学时代特征鲜明，用今天的文学水准和鉴赏能力来看一下，存在什么问题是十分清楚的。但是在当年，身陷其中的20世纪七八十年代的读者却不是这样，那时并不觉得有什么怪异，相反，还有过冲动和喜悦，没感到特别荒谬可笑。今天看，那种无所不在的你死我活的阶级斗争，很少个人内容的革命生活，还有极其冲动夸张的语言，足够虚假和拙劣。

每个时期的文学都有自己的特征和质地，那个时期主要写阶级斗争，写"造反"和"上山下乡"，还有"反帝反修"；而今是物质的急遽追求，是无所不用其极的欲望化表达，还有巨大失败感所带来的无条件的崇洋媚外。可见每个时期都有特定的主题、腔调和故事。

20世纪七八十年代的舞台和文学作品中基本上不写爱情，戏剧中夫妻不能同台，性爱是绝对忌讳。今天打开一本书一本杂志，常常充斥着下流的淫欲发泄或血腥。两个时期两个倾向，都走到了极端，而且许多人步伐一致，很少有哪个人做出异常的表达和表现。也就是说，每个时期都有强大的模式、潮流和趣味在左右人，正常自主的艺术表达并不容易：或者稀少，或者很快就被淹没了。

今天回顾20世纪七八十年代的文学，说这么多，不是因为特殊的嗜好和趣味，而是为了给自己提个醒。每个时期都有认识上的盲区，都有大潮流中流行的腔调。不自觉地跟随潮流，用一种腔调说话，是最容易发生的事情。所以说横亘在写作者面前的一个严重障碍，仍然是怎样坚持从个人出发，找到"自我"。

只要进入网络世界，嘈杂的声音就会淹没一切，这里没有一个安静的角落让我们独处和思考，所以也就没法冷静。我们在喧嚣里很难判断，因为不能清理脑子，场所不行。随着网络化的日益推进，整个社会都会成为网络的缩影，我们面临的独立思考的难度会更大。网络社会正在形成，这样说并不是耸人听闻，只要正视一下，就会发现网络语言以及生活方式已经渗透到身边来了，极大地影响到了我们的观念。

于是我们开始担心，即便是一个比较疏离网络的人，也不能保证自己的思想方式和语言方式不受它的感染。每个人都有被网络化的危险。在这时候要保持自己的生命原创力，保护朴素而强大的个性，最好的办法只能是疏离再疏离，回到真实的土地上去。这是一句老话，但并没有错。沉浸到大自然里，依赖这片土地并从中汲取力量。设法让自己在母亲般的山水里得哺育和安慰，这在推理上是可行的。有人试着做了，发现很难：人与人的交流是容易的，人与自然的交流则要困难得多。的确，自古以来能够忘情于山水的人，都是一些极有情怀的人，他们不会是烟火气很重的俗人。

但是不管怎么说，加强与大自然的交流，疏远和规避光纤化的生活，都是现代人不可缺少、一定要修好的一门功课。这么长的海岸线，无数的岛屿，奇特的地形地貌，惊涛骇浪或水平如镜，有时候又海雾弥漫仙气缭绕,有时候又一碧如洗。这种不可思议的大自然,正是我们心灵的源泉。

属于这片山水的个性与思想是什么?答案就在时间里,在个体所组成的群体里。这样的自然环境培育出一代又一代杰出的人物,他们有独特的心灵,今后还将继续培育。只有独特的心灵才会产生出独特的艺术,心灵与自然环境说到底是分不开的,如果二者脱离了,就是不正常的。

人一旦忽略了脚下这片土地,把精神寄托全放到网络间,脑子也就乱了套。这就等于放弃了个人的创造和发现,剩下的只有尾随、服从和接受那些时髦,汇入潮流中,取消了自己。当我们长期待在网络之外,觉得太沉寂太闭塞了时,觉得再也不能忍受时,倒有可能去山上海上,去田间乡野,就这样渐渐接近土地,开始与大自然沟通,感受山海呼吸。事实上这里一直有倾心野外的人,他们待在海上岛上的时间很长,说话也就没有网络腔。

生活方式上随众跟风,会从根上败坏我们的创作。说到底,就文学艺术而言,对比20世纪七八十年代的千篇一律,我们今天也没有什么不同,仍然是大致相同的腔调和内容。作为个体,我们并没有从时代的平均值中超越出来,所以写出真正的杰作是不可能的。别的不说,仅仅从阅读上看:我们从手机上消遣,看电视,看网络,看流行读物,被各种广告牵着鼻子走,也是一窝蜂。为什么不读经典?为什么不读自己找到的书?一句话,为什么不能有自己的阅读趣味?民俗方面的,流传本土的;诸子百家,《诗经》，从屈原到苏东坡；托尔斯泰，但丁，那些离我们很远，离时下光怪陆离很远的正是代代传诵的经典，它对我们倒极有可能是全新的。

生活在这样一片极美的山水之间，更要有美好的阅读，只有这样二者才能谐配起来。

退回到自己

就文学艺术而言，不同的时代比较起来是互有进退的，并不是随着时代发展什么都变得更好了。可以大胆地问一句：从有记忆到现在，什么时候比今天接触到的色情和暴力、各种下流更多？从网上，从各种有声读物和文字图片中，已经无法回避那些放肆和下流。正因为如此，一个写作者在这样的时候与他人比放肆算什么本事？这时候与他们比清洁还差不多，真要有本事，就应该写得更干净更高贵。自古以来我们形容崇高的人格很喜欢这两个字："清贵"。"清"和"贵"合在一起不得了，比起这两个字，"富贵"和"权贵"在等级上就差多了。

在这个物欲大涨的年头，谁能沾上一点点"清贵"气都是特别不容易的，更不要说其他了。做人有些倔强才好，比如回头看20世纪七八十年代，那些写作者为什么不在那个连夫妻都不能同台的时候大肆写"性"？因为胆怯。那时候这样做尽管同样不值得赞赏，但多少还有些勇气和孟浪；到了网络时代才这样做，那就只剩下猥琐和鄙俗了。20世纪七八十年代在人性表达上虚伪的清规太多了，今天即便要反拨这清规，也不能一味地发泄，这是两码事。

任何时候写性和暴力都要审慎，放肆一分需要给予十分的理由；放肆二分，需要给予二十分的理由。

写作者哪怕离开一个时期的潮流一寸，都是可贵的。优秀的作家总会与时髦和流行拉开一定的距离，最终退回到自己。举例说战争时期吧，大量的战争小说都差不多，回头看只有极小一部分不是那样的，这一部分的生命力就比较长久。孙犁的作品同样是写抗日，却和那个时期的大多数作品不一样：更多地保留了个性，有自己的内容和说话方式。他的作品中描写了大量的自然风光，女性和动物。他特别会写女性。

孙犁为什么能够持久地吸引读者？就因为他没有采用别人的腔调，而坚持用自己的嗓子发声。别人都是同一种语调，到了他这儿是独一份，所以就很新颖很别致。孙犁满腔柔情，对自然、对女性的美满怀深情。当年我们读不到这种笔调和情怀，这是特殊的，属于孙犁个人。今天看，他也许没有脱离那个时期的大主题、大题材和大的人物关系，只不过是加上了不可取代的个人趣味，只加进了这么一点点，结果也就让人难以忘怀。

由此设想一下，一个作家从个人趣味那个位置再往后退，退到完全的个人，情形又会怎样？这样想一下都觉得陡峭。那该多难啊,又该多么惊人啊。不管一个时期大家都在写什么,都在表达什么类型、什么题材、什么主题、什么人物关系,只由着自己的心性往前,有无这个可能?当然有,但肯定是极小极小的一部分。

这一小部分能够超越时代,从生活方式、思考问题的角度和方向,一切的方面都大步退回到个人。这需要怎样的境界和情怀?首先他的阅读跟别人不一样,他的见解、文化视野、生活视野要比一般人宽得多高得多,他知道:无论这个时期有多么强大的社会潮流,发生了多么巨大的社会事件,对于人类历史而言不过是瞬间,一闪就过去了;而他的作品却要留给未来,留给无边的时空。

这样放空了想一下,就有可能去写另一些东西了。

当地的文学兄长

许多人有搏击"潮流"的雄心,这当然好,但是却不能被"潮流"卷裹而去。先是要设法让自己在"潮流"里挺住,其他另说。写时代的悲喜剧,正剧,肯定是最有力量的,但并非每一个人都适合往大里写。面对时代洪流,如果写不出个人的独特性,还不如写一只小虫子更有价值。比如报告文学,我们这几十年来变得特别畸形,题材狭窄到几乎只写两种人:企业家和领导。其实可以用这种体裁写各种事物，一条河，一条狗，一只小虫，植物和动物，都是可以的。

威海有一个文学兄长王润滋，当年影响很大。他有一个了不起的优长，就是不断地反省自己，用今天的话说就是始终在努力地寻找"自我"。他开始的写作基本上也是跟风的，被所谓的"使命"所吸引。后来却写出了身边的海，写卖螃蟹的小姑娘。再后来他又写出了一个倔强的乡村老木匠，引起了很大的争论。这是他个人的观察与见解，是自己的声音。当年关于他的批评文章很多，有些也算严厉。那些只想跟随潮流的人认为他犯了大错，一定要将他拉回人云亦云的那个群体里去。可是这种"群体文学"是没有价值的，是打引号的文学。不要说是群体，就是两个作家也是这个道理：如果他们的题材、味道、趣味、色彩完全一样，其中必有一假。

文学是不能重复的。

在当年的群起批判声中，这位文学兄长只回答了两个字："就不！"这文登口音很浓的两个字意味着什么，大家可能比我更明白。他在盛年之期离开了我们，这两个字就成为他送给文学朋友们最宝贵的遗产。我相信他在说出这两个字时，正处于创作状态和生命状态最好的时刻。一切真正杰出的作家都拥有这样的时刻。这正是努力寻找"自我"的结果。

理解文学写作是一个复杂的审美过程，尽管一部作品客观上会有许多功能和作用，但具体到创作中，还是要满怀诗意，进入审美之旅,感受语言之美、幽默,以及掌握那些深奥的技术层面。将文学简化为批判稿和表扬信,就取消了文学本身。我们许多年来热衷于引用"宁要歌德式而不要席勒式"的经典文艺理论,那就起码要理解一点"歌德诗学"才好。歌德是何等深奥、博大和个人化。文学艺术是复杂甚至有些神秘的审美活动,常常是不可言说的,需要用全部的悟力去感知。

什么样的写作能让我们最愉快最满意,让我们能够极其饱满和酣畅淋漓地进入一场生命的表达?进入了这种自由状态,才有可能写出好的作品。我们常常是放松不够,回到自己不够。在这方面,当地文学兄长的经历和探求将给予我们深深的启示。

讨论:

只剩下几个/不肯进入文本

文学研究与创作不一样。作家的思维需要保留更多的感性。一个写作者满怀深情追求真理,一生矢志不渝地去做这个事情,当然是没有问题的,是大作家才有的禀赋;但是不能因为这样,就用一种固定的见识去排斥其他,忽略事物的多种可能性和多个棱面。洞悉事物全部的复杂性和可能性,是一个好作家应该具有的素质。

语言的讲究,思想的深刻,启蒙的性质,是所有好作家的特征,不能以此来区分他属于"知识分子作家"还是"民间作家"。

写作者对这二者的划分会感到很别扭。好作家是个性分明的，所以才有价值。将来能不能走远，作品能不能成为经典，还要看他的深邃性独特性到了什么程度。说到独特，在中国的某个地区是独特的，在更遥远的国度更广大的地区是不是独特的？如果有不少类似的作家，那么这里面一定要淘汰大部分，只剩下几个，那才是经典作家和杰出作家。

观察一个作家的杰出与否几十年不够，大概最少得一百年。到了一百年才会看清楚一点。但这并不妨碍对当代文学进行研究和判断。这是两个问题。

当代文学研究的复杂性就在这里：没有充分的判断条件，还得做出判断。谁的眼光能穿透十年，谁就是比较优秀的评论家；谁能穿透几十年，乃至于一百年，谁就是一个杰出的评论家。艺术判断是世界上最复杂的工作。有时候打开一本文学评论，会觉得他是在那儿进行道德伦理评论、社会政治评论，基本上言不及义。好像只有社会、道德和历史才值得一评，而文学是不必关心的，真是奇怪。评论者转来转去，就是不肯进入文本，对里面的诗意、语言的敏感把握，对于人物细节和词汇的那种感受，完全没有。他们的文学感知是没有的，艺术的维度、审美的维度是没有的。

谦虚和诚恳/好艺术的质地

是的，我们从字里行间会发现作者是否谦虚。如果是，他对正在探讨的事物，使用的语言，都会是比较谨慎的。他会极其认真地把握一个词语，希望能够准确。在技术层面，他会非常严格地对待。不谦虚就不会诚恳，所以也不会打动我们。胡乱发挥，没有把握，姿态放肆，不太可能是诚实的。写作时的谦虚是很重要的，凡下笔之处，明白了就说，不明白就不说；无论对人物和事件，都要怀着体贴的、理解的心情去写，务求合情合理和真实，不做情感的夸张。

有的人可能讲到风格的区别，比如说波德莱尔和惠特曼，还有李白，都不算谦虚的。李白就很狂放。这里面当然有个性和审美的差异，但这不是根本问题。从一些人"放肆"的脉搏里，仍然能够感受他们过人的诚恳。那种无知的狂妄，藐视一切的胡扯，是断然骗不了人的。

谦虚，诚恳，质朴，是一切好艺术的质地，无知、盲目、满足低级趣味的狂放，低俗的描述，这些一旦出现在作品里，就一定会造成自伤。痞子气只能满足一部分卑微的趣味。陶渊明、屈原、托尔斯泰、歌德、雨果、但丁，都是谦虚和诚恳的。说到底浪漫与狂放也是有根底的，而不是没有来由和颐指气使的。

我们似乎进入了一个奇怪的文学时期，像乱七八糟的污浊和暴力，不堪入目之物，总有许多人喝彩。极其粗劣的文字竟然大行其道。不过，文学艺术仍然是一个很细致的活儿。

作者的功利心/人的定力

写作者一开始的功利心会比较强，渴望得奖与广泛的社会影响，随着年龄的增长，功利心将逐步淡化。功利心一定会扼杀"自我"，让人丧失自由。说实话，凡是奖赏必有标准，为他人的标准而写作，就不得不委屈自己。也有人为"未来"，为"永恒"，或者为"文学史"去写，看起来倒也很崇高，说到底也只是更大的功利心而已。功利心还是越少越好：既不为眼前的功名利禄去写作，也不为未来的功名利禄去写作。

真正杰出的作家一般还是要回到业余，该怎么过日子就怎么过，心里有了冲动就写，这才符合自然规律。这样的写作也是愉快的。回到这样的状态里才能写出属于自己的文字。有的朋友在写作之前先打坐半月，而后制定食谱，然后再找宾馆住下，似乎特别隆重。这样做虽然敬业，也感人，但总有些不自然。

写作中陷入漫长的激动，有时累也是难免的。但只要自然就好，这是最重要的。随着越来越走向自然，功利心越来越淡，更好的文字也就出现了。在一个纷纷追随热闹的时候，一个人还能够安静地做自己的事情，这本身就是可贵的。这是自我性很强的人才能做到的，是定力。

持续的创作力/猫找到了自我

从新时期初期就很有影响的那些作家，现在仍然不断发表作品的已经很少了。写作很难持续下来，这是常见的现象。怎样使自己保持旺盛的创造力，是每个写作者面临的一个难题。持续性固然重要，更重要的还是写出好作品。如果能写出一部真正的杰作，少写一些也不必惋惜。如果一直写，写得越来越平庸，除了浪费精力和纸张，并没有更多的意义。

争取每一个时期都保持良好的状态，做出生命表达，这是很难的。他人可以不喜欢作者某个阶段的生命状态，但是只要和前一个阶段不同，没有简单复制，这就难得。一个人随着生命的延续不断地表达自己，没有重复，这很了不起。作家写多写少都是正常的，不能以多少作为评价依据。生命不息表达不止，这就很好了。

写作的不能持续原因很多，既是生命力的问题又是生活经历的问题。有人说作家后来生活优越了，所以就写不下去了。其实再优越也是生活，跟困苦、坎坷对生命的触动是不同的。优越的生活转化为生命的巨大触动，做出复杂而深刻的表达，这种例子在世界上也不是没有。当然，经历了困苦坎坷折磨的人更能够持续地表达。

生命力不一样，创造力就不一样。不是说下一个阶段一定要超过上一个阶段，只要存在不可比性就是有价值的。这就不是一个简单的"枯竭"所能概括的。不同的事物间很难作比，一只猫和一条狗，哪个更好？不能类比，因为它们是不同的。

说到猫和狗，开个玩笑，大概它们也存在一个找到"自我"的问题。观察下来好像猫找到了"自我"，狗就没有找到。猫怎么高兴怎么来，有时很独立很冷漠，有时又很热情。它把自己的生存利益最大化了：自己活得愉快，似乎也在利他。狗则不同，一切以主人的悲欢喜乐为依归，等于取消了自己。

2017年4月25日上午于威海文学座谈会，小标题后加

小空间与大空间
——文学与社会

文学写作者与受众在这个方面最容易达成一致：文学作品应在社会进步中发挥作用。但具体怎样发挥、通过什么方式，却有各种不同的意见。一般来说受众对于文学干预生活的即时效果是满意的，乐于见到作家的写作对当下社会发生这样的影响，影响越大越是兴奋和满意。不过在大多数写作者来说，这种效果即便真的发生了，也极有可能并不属于文学的本质属性，而只是它的连带功能，是偶然的和附属的。尽管作家并不拒绝甚至还要欢迎这种立竿见影的社会功效，但还是会在心里叮嘱一句：尽可能少受这种诱惑更好。

作家的心灵活动极为依赖社会生活，这是重要的创作源泉。艺术酿造需要取材于社会，并最终将心灵的酒浆倾向社会。但这种酿造需要特别的环境与条件，就好比需要一个酿造车间一样。无论多么伟大的酿造者，他都需要如此。但这个空间却并不是越旷阔越好，而应该是大小适度、温度及其他条件恰到好处。这个

"车间"有时并不是虚幻的比喻，而是具备实际样态，比如书房，比如作家日常生活和创作的场域和领地。于是我们就看到了一些成功的作家，他们或者占据一条河流，或者定居在一个小镇上。

一些极有创造力的作家好像的确喜爱一个不太大的空间，这个空间是地理和物理意义上的，也维系着精神状态。一个创作者的精神空间与他人有所不同，它不是简单以大小来界定，而更多地以密致和粗疏、单纯和复杂来区别。作家在一个小地方生活，精神空间的置放和贮存也将因此发生变化，比如会更加条理和专注，内向，理性，与更远的悠思接通。这时候的精神空间可以说是浩大无边的，也可以说是狭长的、局促的，因为这个空间里较少平常所说的史诗性的含纳，也难以被世俗的物质欲求所充填和淤塞。

深入而细致的注视和观察，丰富而没有固定模式的联想和缔造，是他占据一个小空间的结果。这样的空间给他巨大而特别的力量，这正好用来创造，这种创造作用于社会的方式是特异的，也是别有效果的。它不会是短暂和现实的，它总是因固有的诗性特征而长期存在和发生着。他在这个小小的空间里偶尔也会爆发一声呼号，但那只是长期与外部世界对峙或对视的结果。这种呼号不是稍纵即逝，不是尖叫，更不是表演和卖弄，而是真正的源于生命深处的冲动。他的创造具有特别的发掘和发现的意义，是对整个世界的补充，价值在于不会重复、独一无二，因而就社会进步来说，一定是不可或缺的组成部分。

作家的小空间有时候会显得狭窄和寂寞，甚至有些闭塞，但却有巨大的张力存在：他将以这种方式走向开阔的生活。各种信息的一度阻断是为了更好地咀嚼，过多的存积要有消化的时间。冷静独处的场所在思想者和诗人那里是至关重要的，喧声隔绝的地方才是做白日梦的地方。轰然不绝的奔跑声对于写作者来说总是最大的干扰，这常常会踏碎他们的梦想。特别是身处网络时代，人们获取的各类信息不是少了，而是过于繁杂和拥挤，怎样选择和回避成了每个人面前横亘的难题。得到一个安稳平实的小空间，已经是很现实的需求。没有这样的空间就不能工作，不能做出精神发力。

面对社会这个大空间，写作者等于是退守一隅的蜗居者。这里时而封闭时而敞开，但始终未能割断与社会（母体）的脐带。随时准备拥挤和化进熙熙攘攘，但却不能随之而去。最终他还要退回自己那块小而又小的领地，遮蔽一下曝晒，让绿色的诗苗抽出第一片叶芽。茂盛的生长就这样开始了。

我们置身于网络时代，令人忧虑的情形是，写作者在人声鼎沸的地方奔波得太久，回头张望，已经再也找不到那个安身立命的蜗居之所了。

2017 年 10 月 11 日于西班牙塞万提斯学院

网络时代的个人语调
——文学与包容性

我们通常认为,文学作品的重要价值之一即在于其个人性。这等同于强调作品的独特性。真正意义上的文学写作是不可能被重复的:既不重复他人也不重复自己。不过这种最基本的要求却要受制于许多条件,以至于很难在写作中实现。因为每个时期的阅读习惯一定受风气和潮流的影响,这会导致写作者的跟从,于是在题材和思想、表达形式诸方面自觉不自觉地靠近和趋同。文本的气息、视角以至于口吻都将变得似曾相识,文学写作者的个人语调由此丧失。

我们一直强调的文学包容性,往往并不是一个主观意愿的问题,而常常只是一个客观上能否实现的问题。在网络时代如何保持个人的语调,并且被广泛地认知和接受,实现真正的宽容和包容,就成为一个重要的命题。个人的声音或者因为独特而令人不适,或由于远离群声而被忽略,总之不太可能成为显性的存在。

人们会惊讶于网络传播的便捷和广泛:世界上鲜有一个角落

是与世隔绝的，大量的信息一刻不停地灌注和浇泼，到处都呈现出饱和状态，形成大面积的覆盖。这个时期的思想与见解似乎可以极端化地创造和发挥，看上去五花八门。但真实的情形也许恰好相反：这个时期的大多数"创新"都过于网络化了，只是同一个向度上的"求新"，如故作惊人之语、博人眼球和耸人听闻的夸张，比较起来，更为缺少朴素诚恳和笃定真实的良好品质。而质朴一定是追求真理与创造艺术的强大基础，抽掉了这个前提，其他也就谈不上了。

令人担心的是，今天的创造者一旦回到质朴和真实之后，又会被轰然涌荡的潮流所淹没，变得痕迹浅淡或形同没有。由此可见，包容性在过度喧嚣的时段一开始就丧失了条件：由于无限扩大了某些共有的主题和语调，真正属于个人的言说内容以及方式，则被压制到最小最弱。这些现象，绝不是某个地区所独有的，而是网络时代的共同特性。

这个时期的人已经习惯了某种说话方式，一旦离开了这种方式，听者（阅读者）就会因为陌生和费解而疏离。网络时代的人是极不耐烦的，他们已经在不断尖叫、直观和夸张的表达环境中形成了接受惯性，变得更加没有耐心。而我们知道，要接近事物的真相，欣赏深刻的艺术，总是需要起码的耐心。

主语调形成的原因，是某些地区的强势语言在互联网技术应用中的进一步强化。现代传媒的推动方式使本来就处于支配地位的语言与文化大幅扩张，在它们面前，较为弱势的地域只剩下等待淹没的唯一结局。而我们知道，那些独特的精神成果，它们的滋生与成长，有可能因为来自偏寂之地而变得更加宝贵：可以弥补和矫正这个狂热而又单一的世界。可惜的是，它们还没有等到基本的成熟阶段，一切就被时代的狂涛给吞噬了。

我们如果承认精神与心灵之果如文学艺术，必须是难以复制的生命结晶，那就得倍加珍惜，对独立生长于远荒或一隅的绿色植株给予特别的保护。过于强大的时代潮流掩盖了艺术和思想在接受方面的褊狭，甚至会将史无前例的混乱看成各抒己见。今天，我们任何人都无法将这喧嚣挡在天外，无法低头寻觅角落里的声音。我们认识了宽容和包容的意义，却感到无能为力。

是的，我们只要静下心来，就会痛感这个世界上仍旧缺少、十分缺少真正的个人语调。我们在互联网时代都用同一种声气说话，既狂放不羁又中规中矩。我们获得的是这个时期所独有的放肆姿态，却丧失了自主自为的生命中气。自我已经在密集交织的声像中流失净尽，而找不回真正的自我，也就没有真正的宽容与包容，无论我们愿意还是不愿意。

我们也许要在纵横交织的数字洪流中努力地退避和放空，求得一次冷却，然后，努力寻找个人，并尝试说出属于自己的感受、悟想和发现。这样做，其实正是从根本上学习宽容和包容。

2017年10月于葡萄牙"中葡文学论坛"

小说家的工心

一些人为了信念能够舍生忘死，这在当时的社会与精神环境中一点都不让人吃惊。不过一旦时过境迁，进入了现世主义的物质时代，要理解他们就非常困难了。一般的反应会觉得他们的一生、他们的行为太傻了，实在不值得。他们为之舍命奋斗的所谓崇高事业后来怎样了？这一问就不得了。实在一点讲，今天的人嘲笑徐竟等人是很容易的，不过并不一定聪明或在境界上高过徐竟他们一截。今天的人有不同的选择是完全可以理解的，因为时代变化太大了，不少人觉得自己"知今是而昨非"。当年是混乱的时世，那个时世却不一定渺小。判定时代的伟大与渺小有许多标准和向度，是非常复杂的问题，就像对历史人物的评价一样。徐竟也是复杂的，这个特殊材料制成的人物，其原型（徐镜心，辛亥革命北方元老）就是一个革命激情永无衰竭的人，豪气冲天，勇毅超人。比如有一次他在济南街头，正好看到清朝二品大员的绿呢大轿在一群卫士的簇拥下走过，竟然拔枪就要冲上去，幸亏被身边的朋友及时拦下了。书中的徐竟则要理性和沉静一些，还没有像人物原型那么冲动和生猛。可见虚构出来的文学人物常常比不上实有人物更奇锐陡峭，作者的想象要受许多莫名的阻碍，有时可能就为了让人物在读者那儿"更好接受一些"，就手软了妥协了。这就像打球的三步上篮，只一犹豫就没能把球投进去。徐竟是一个真正的职业革命家，就这个方面来说是很纯粹的。所有这样的人都是最好的专业人士，却往往不是世俗意义上的最后胜利者。他们牺牲了自己，于事业的半途夭折。但是他们昭示的方向和道路，以及单位时间内触及的精神高度，却是撼人心魄的。他们的一生中常能找到一些精彩到极致的片断，那是历史长卷中最有魅力的部分。他们为之奋斗的事业成功了，回放的片断中有一些最激动人心的镜头，就属于他们。可惜回头解释整个事业的人往往不是他们，他们提前离开了，亡故了。我们后人想走进他们的生活与行迹，发现已经很难了，因为凡是还原人性与历史都是最麻烦的事，需要辨析的耐心，还需要战胜遗忘和偏见的勇气。另外，今天的诠释者要从内心深处满足自己的好奇心，要在沉浸和探究的同时提醒自己：我们正在经历的生活和那段已经逝去的生活一样，都不过是历史长河中的一瞬，是翻涌的浪花，一定要保存它的鲜活。不过分迁就我们当下的生活、当下的观念和普遍转移的趣味，是极难的一件事。说高一点，这是于闷声不响的劳作中应对时代挑战的一个过程。

书中有些人物的烟火气蛮重的，他们在土地上蜿蜒如蚯蚓，很忙也很辛苦。白菊她们一帮人可爱的庸碌着，也很单纯，爱起来非常投入。她们是刺绣作坊里的女工，因生活所迫要时不时地陪一下人，那时候常有这样的事，痛苦和喜悦都在其中。这是很现实的人，他们没有什么更遥远的关怀，认真做事，尽着本分。如果把一部书中的各种人物比作树木，那么灌木丛中还有一些高耸的大树，要看它们就得仰望。只写灌木，写出一片原野的辽阔和荒凉，也是极好的气象，而且是真实的；不过灌木毕竟代替不了森林，没有那种葱郁之气。朱兰和陶文贝这一类人更多地展现了人性中的另一些层面，这种人物在任何时代都会是稀少和珍贵的。人生有多少困苦煎磨多少黑夜，有她们就可以抵消和瓦解一部分。温婉曲折的女性，尽管时而激发出惊人的刚烈和执拗，也还是温暖的，就像酷寒之季的炭火。这一类人物，还有比她们更弱小的人物，能在惜墨如金的记录中占据几页已经很奢侈了。她们太特殊太令人依恋了，只要相逢和相处就永远难以忘怀，可谓铭心刻骨。因为评判事物的标准和维度不同，她们出现在整个篇章中的分量和意义也就不同了，比如一些爱情，有人认为堪比社稷之重；有人专心于做一些"大事"，却宁可一辈子没有。有的和没有的，爱与不爱的，这些交织在一起就是一个完整的世界。设想一下，一个不食人间烟火的人遇到了缠绵，或者革命者本人就是最能爱的人，这其中将要发生多少迷人的故事，这故事本身就足够写成一本书了。

　　对一个写作者来说，生活中发生的已经足够多了，但他注意什么、发现和关注的能力倒是极为不同的。如果有一些极偏僻的认识和陌生的记述，虽然没有超出生活本身也会让人觉得怪异。这是属于个人并且不被重复的异质，是文学再现的本质。一些作品写得"神秘"，却让人在阅读中觉得有趣而且真实，才算是独到的发现和表达。反过来，有的"神秘"却会令人觉得只是一种手法，而作者就靠这种手法，从原本没有什么神秘的地方弄出了许多神秘。这说到底没有什么难度，尽管也会有一过性的新鲜感。写出真实的"神秘"是最难的，这需要别具只眼，穿透生活中最难以表述的一些侧面和部分。这不是作者蓄意捏造出来的东西，而是一直隐含在生活褶缝处的元素。这些元素的提取需要特别的匠心。仅仅是技术主义的"神秘"，比如移植过来的拉美气息，很快就会成为过时的东西。就表现对象来说，一旦离开了历史现场和生活原态，有些部分很难被现在的人所理解，这就需要转述者一边交代相应的知识，一边尽力还原，带着深刻的激情。激情能融化和搓碎某些隐秘的硬结，再加上足够的耐心，隐而不彰的物件就在人们面前打开了，让大家如临现场，兴味盎然。正因为这种工作方式有难度，所以才更有诱惑力。如果连作者自己对表现对象都理解不了，嫌烦琐，想绕开和省略，令人惊艳的大风景就错过了。说白了，不论是写往昔还是写现在，都需要耐心加激情，一点点撤掉阻挡我们视野的屏风，将里面的大风景收在眼底。我们先获得做一个转述者目击者的资格，然后再考虑怎么说。如果连真实的景物都没有看到，只冥思苦想转述的技巧，也就只好依赖巧舌了。拉美的巧舌是诱人的，我们于是努力学习和应用，但几年过去了,终于发现这巧舌不够用也不耐久。

李白那个时候,知识分子特别是诗人们对山川大地的依赖性是很强的。他们对一些永恒性的事物非常专注。比如对于长生的向往,既是很朴素的心理又是很高远的追求和想象。李白当年与长生术以及这方面一些著名人物的关系,在自己的诗里有过很多记录。现代人谈到李白和杜甫特别是前者,谈到这些方面,总是抱以嘲笑。李白为了当个长生之人,在大山大河间跋涉寻找仙人,去东瀛观微淼,还曾经披头散发不吃不喝不睡,围着一个坛转上几天几夜接受"道箓",折腾到半死。在现代人眼里李白真是愚蠢荒唐到了极点。今天的人觉得古人不懂科学,局限得很,总认为自己有幸活在了科学时代,已经极聪明极有知识了。殊不知当代人一边前进一边后退,见识仍然有限,常常在发现与遮蔽之间打转,互见得失。李白不能保证自己的每一步尝试都是准确无误的,但是勇于探索。探索不等于成功,不探索却永远不会成功。像李白这样聪颖伟大的诗人从头到尾被骗下去也很难,他才没有那么傻,我们现代人也没有自己想象的那么聪明。从某种意义上说,李白的天地比我们网络时代的人更辽阔更高远,他关心与瞩目的世界也更大。有些极深奥之物要进入很难,拒绝的方法就是彻底否定其存在。比如中医,直到今天还有许多人要完全否定掉,认为是骗人之物。有些靠直觉靠感性,需要在无数实践中不断把握的事物,内部仍然隐含了更缜密更复杂的一场运算,当我们靠运算能力、理性能力远远不能抵达时,羞怒之下也就只有掷下抱怨和嘲弄了。这种生命中时而发生的胆怯和莽撞现象，分析起来倒是颇为"神秘"的。我们常常因为看到了一些混迹于深邃之域的骗子，就直接否定深邃之域本身。这其实是一种欺骗：自欺。永远不自欺不气馁，睁大眼睛看世界，多少呼应一下伟大的诗人李白，这是多么值得的事业。

文学中，这里差不多被简化为小说中了，"思想"常常是令人厌烦的东西。"思想"究竟作为添加剂使用，还是同一部作品一起生成的不可分离的元素，倒值得好好讨论。现代小说已经成为苍白写作的最好掩体，昏头昏脑的呓语会被当成某种新奇和深刻，竟然也能引起反复诠释的兴趣。海明威当年看老托尔斯泰的书时就发出惋叹：如果老人把嘴巴闭上多好啊，这些思想这些议论今天看一点都不高明不深刻，而这些人物和故事、这些细节是多么精彩。是的，任何作者撇开具体情节进入议论都可能是危险的，但在托尔斯泰这儿又是另一回事了。老人家认真而顽韧地追究了一辈子，文和人高度统一，他怎样议论都可以，海明威和他可不在一个频道上。至于一般的小说做法，当然是绝对排斥作者直接站出来"思想"的。有些现代个案可以另议，比如奥地利的穆齐尔和法国的米兰·昆德拉，他们和中国通俗小说的做法类似：动不动就站出来议论横生。其实作家的思想品质以及能力却是无论如何都无法遮掩的，这与他形象思维能力即感性的力量相一致。说到底，没有深刻思想的杰出作家是不存在的，虽然这并不意味着小说家要让思想的肌肉裸露出来。思想的深邃力量往往藏在浑茫的文字深处，当读者合卷离开时，它们会不声不响地一直追随着他们。

在目光敏锐，穿透力极强的大读者面前，作者无法掩藏他的技术与工心，无论他装作怎样若无其事。这种伪装是为了不使这个层面浮到上端，因为一旦它变得显豁触目，作品一般就变成了二流货色。仿佛无心无肺地、傻乎乎地讲出一个个精妙的故事，写出摄人心魄的内容，往往才是最高明的作者。他的精明再被粗心大意或神情恍惚地遮挡一下，可能就是最狡猾的小说家了。这方面也需要一个火候，因为弄不好就陷入某一端出不来，是另一种弄巧成拙。也许有些民间文学是最好的启发文本，比如流传在民间很久的一些传说故事，经过了数不清的人一再创造和修葺，最后变得既繁复又简洁，简直百听不厌。有些文学作家将这些民间的东西订改收拾一番，结果就变成了名著。这样的例子中外都有。这是怎样的名著？与作家个人在案头苦苦编造出来的文字有什么不同？看下来会发现，这些借助民间之力的著作通常比较放松，但是叙述得十分自信，因为它们有时间和民众作为依托，可以说有靠山。这些著作一般都没有职业作家那样的严谨，结构上仿佛一点都不在乎章法，不讲法度。但是它们想达到的一切艺术目标，最后总是超额地达到了，效果是训练有素的专门著作家的数倍。学习并稍稍掌握这些民间秘籍大概很难，视野里，西班牙的塞万提斯和美国的麦尔维尔好像得到了这个秘籍。他们的代表作竟然像民间文学那样不修边幅，情节重复和堆积，有时还心不在焉。他们所展示的力量、达到的效果,令多少作家感到羡慕和迷惘。专业作家过分的工心与计算,恰好是技术需要再淬火之前的表征。

2017年6月25日,《独药师》韩春燕访谈辑录

悲剧性，无限魅力之源

《古船》初稿完成是 1984 年下半年，而发表时间却拖到了 1986 年。这期间有修改，但幅度很小，似乎不值得花费两年。主要是出版社提出的一些枝节问题，它们大致不属于文学范畴。小说人物与事件没有明显的"原型"，而是对历史和现实生活综合感受的结果。当年不到三十岁，比现在的生活热情更高。这之前在胶东地区走过了很多地方，看到听到了很多，经历了很多。无论是现实生活还是对历史的探究，都在心灵上留下了极深的印象，常常惊讶得目瞪口呆。由于这些在心里淤积了很久很多，于是非要写出来不可，在所不惜，这是青年人的行为。

胶东地区属于古齐国腹地，不同于鲁国，当地盛行的是齐文化而不是儒家文化。古代的东部沿海地带与今天大不相同，可以说是一片蛮荒。即便是一百年前，记载中的半岛地区也还是无边的莽林和沼泽。这片陆地三面环海，海岛众多。这样的地形地貌也就孕育了特殊的文化，所以半岛人谈仙谈海，冒险出洋成为常态。这里后来受到了儒家文化的影响，那已经到了齐国末期，特别是秦国统一了中国之后。两种文化就此混合起来，产生了特别的效果，这就有了齐文化和鲁文化的交融互补。浪漫冲动与济世精神结合一体，这是半岛地区人的性格特征。

古齐国人是很有激情的，这从历史记载上可以看到很多例子。这里的人有相当强大的说服力，所以几千年里出了很多大外交家，这些人实在是能言善辩。《古船》中的一些人要极力说服对方，有些是出于信念，有些则是出于心智的较量。主人公的倾诉让我激动不已，这在当时有一种燃烧的感觉。无私无畏的人生状态就在那个时候，在写这部书的日子里，令我永难忘怀。只是这种情形要一直保持下去是困难的，所以也就显得愈加宝贵。在我看来它是高于人生经验与艺术技艺之类的东西，是文学写作中最重要的元素。

真正意义上的文学，无一不是作家用心灵创造出的"另一个世界"，不存在其他。实在说，从文学阅读来看，有些作品也许影响不小，但很难说是杰出的文学作品，因为它们还算不得心灵的酿造之物，而只是社会现实层面的集中、再现与摹写。《古船》与《九月寓言》只是笔调与意境的不同，没有什么本质的不同。后一本书是通向另一个方向的，韵致改变了。它对一部分读者来说，也许需要更强的文学阅读能力才能走入，不过一旦走入了，就可以在心灵里融化。这样说有些自大了。最初发表时并不顺利，因为通常的阅读习惯大致还是道德化与社会化的，离开了这些也就无法评判一部作品。古往今来，文学艺术的核心仅仅是诗，但什么才是诗，需要费许多口舌。

这部《九月寓言》渐渐回到了齐文化的内部，沾上了这片土地的原色。作者面对生活和艺术，感念而不紧张，这才有可能写得好一点，写出另一种致韵。当然有时候紧张也是好的，紧张一旦和真诚与纯洁相遇，又会化成另一种了不起的力量。所有艺术在我看来大抵是这两种类型，从这两种里又能理出许多小的分支。不紧张的时候也需要真诚和纯洁，只有如此才会有杰作产生。如果写作者渐渐变得油滑了聪明了，也就没有力量了，可有可无了。我那时的幸运在于年轻，单纯，疾恶如仇，而且读了大量的书，也有了一些技艺层面的积累。这二者加在一起，写作时才避免了大的失衡。这种失衡在写作者那儿总要出现的，每次出现都会是一次失败，难以补救。

有人评论《九月寓言》："悄悄地站在同情的立场上。""悄悄"二字用得多么好，大吵大闹地同情就不好了，那就是其他的艺术了。纵观下来，有些很猛烈的呐喊虽然不能一概否定，但其中一大部分是没有余韵和感染力的。总是大声言说，就给自己的生命品质提出了最苛刻的要求，而且很难一直保持下去。我从《古船》中获得了那样的诗意，却不敢一直这样奢求下去。那是一条艰辛之路，牺牲之路，当然也是光荣之路。"悄悄"使我沉湎下来，并产生了别样的快感。紧接着感激之情就滋生出来。

写《外省书》的时候感到自己有了一把年纪：不再年轻了，心地苍凉了，冷冷的质地一伸手就能摸到。不是少年强说愁，这是关键。人对生命的感觉是很奇怪的,有时中年人可以有真实而强烈的沧桑感,到了暮年却又突然变得天真无邪起来。这两种状态都是真实的。我那会儿就是主人公史珂,像他那样孤苦无告地用回忆饲养自己。往昔是多么丰厚的人生养料啊,一个人到了最后只有咀嚼它才不至于饿死。从这个意义上说,这部书是我另一种心情下的最爱,它凝练深沉,洗尽藻饰。薄薄一本,容下了多半生的生命厚度。

我如果第二次写《外省书》,那就得忍受痛苦的折磨。因为这种情感体验一旦重复起来,就免不了造作。对于史珂来说,那是多么质朴的人生,多么苦难的人生,又是多么华丽的人生。他的人生还没有谢幕,可是他觉得自己已经开始谢幕了。对他这样一个人,说质朴和苦难都是好理解的,可是说华丽就费解了。这里指生命的洞悉力:看到了尽可能多的东西并且深深地体悟和理解,多么过瘾多么透彻。最爱的人却又不贞,最荒唐的人却又伟岸。还有炫目而浅薄的世相,阴谋,甜蜜,荒谬,性,残酷,一切都堆放在他的眼前、装到心里。

有时候我恍恍惚惚觉得,自己攀登或跋涉了许久,也就是为了抵达《刺猬歌》这样的境地。以前向往曼妙流畅的风韵与气质,却从来不敢涉足:它常常离轻薄只有一毫米的距离。这部作品踏入了齐文化孕育的深处,它所表达的一切人事与环境都是浑然一致的。我常常想,一部成功的音乐作品演奏起来既丰富又和谐,文学写作也应该如此。至于它的道德与社会意义,比如愤怒和反抗，都是不言而喻的。所有这些层面在艺术中都是自然的表露，而不能是刻意用力。文学作品表现当下生活与表现久远的"往昔"是不同的，后者可以充分诗化，在一种独属于个人的语调中运行；而一旦表达我们正生活在其中的这个当下，就会有极熟悉的现实的声音出来打断我们了，就像打断一场音乐演奏一样，出现了不和谐音。所以这是写作中最大的难题。到了《刺猬歌》的时候，我多少有一点解决这个难题的能力了。

人与事不过是自然的结晶，是它的转化方式之一，所以大自然才是一切的母体。以这样的视角去看待自然，对待自身以及社会万物就是另一副眼光了，谈论它的口气也就变了：我们渺小起来，自然伟大起来，并且具有崇高无限、巨大无限、神秘无限的感觉。自然不仅是土地山川风风雨雨，还有星空以及星空之外的未知。一般来说，现实生活中我们谈论自然的口气大，诗学上的意义就会小。

当时我在病榻上躺了几个月，后来能够借助一个托板写点东西了。看着别人在房间内自由走动，又焦虑又羡慕。这时候人的感受、对以往和未来的评价会发生一些变化。个人的现实生存状态会影响思维力，健康与伤病，得意与失意，都会改变人对生活的评价立场和尺度。《融入野地》仅仅是我那个时刻的一些觉悟，多少想了一些生命问题，比如人与永恒的关系，与艺术的关系，特别是更现实的问题：怎样使生命较少一些挥霍浪费？这种觉悟的机会并不多，因为使人恍惚的眼前事物太多了，五官全被它占据了。所以有智慧的人常常退到遥远的地方去打量人生和社会，让自己从世俗物利中暂时超脱一下也好。

《你在高原》把《融入野地》具体化了，好比填充了细节，大大地拉长了。这好像是一种小说化的改写。这部长卷里写的都是现实生存，可是退远一些看，又不过是在写"融入"和"野地"这两部分。有人说它太长了，可是作者有时候又觉得它太短了，有点意犹未尽，因为关于这两个部分需要多么漫长无尽的遥思、多少复杂的记忆、多少感慨和列举啊！不过如果要让它短也好办，那只能是另一部书了，比如更加提纯的诗化处理，比如像那篇散文的写作。这部长卷走的是另一条路径：不停地记录和转告，一直进行下去，好像生命不息就要言说不止。

这部长卷对我自然是特别重要，因为毕竟耗去了我二十多年的时间。它写了"融入"的起因和过程，又大篇幅地书写了"野地"。仅仅从局部看长卷中的某一个点是必要的，作者也希望读者这样去看；但有时还要退得遥远再遥远，因为从高处或远处才能获得更大的视野。也许不这样就不能阅读这样的长卷，无论它多么不值一提。它的形制决定了这样的阅读方式。

这个主人公是个单纯的人，天性如此。他本来像外国思想家伯林说的，不过是一只仅知道一件事情的"刺猬"，在大地上无声无息地专注寻觅，如此一生；可是生活偏要逼迫他去做一只无所不知的"狐狸"。全部的劳苦与艰辛就这样发生了。他本来可以过得比较单纯，这一来人生就改变了，变成了一条求知之路和学习之路,也变成了一条忍受之路和苦难之路。他背负的东西太多了,几欲把他彻底压垮。他晃晃悠悠往前,最后也没有倒下,这正是他了不起的方面。从知识的学习与掌握上看,这个人懂得不算少了,可是他觉得还远远不够。他知道的人间秘密也不算少了,可是他觉得更加不够。这个人很会爱,有天生的"大爱力",可是他觉得在现实生存中这力量还远远不够。时间对他是吝啬的,一切都消失得太快了。他要追究的事情实在太多了,留下的时间显然十分紧迫,我们对他会有这样的感受。

这个人的思考坐标比较大。他属于20世纪50年代生人,这一代人是极其特别的。我们知道,任何一代人都会觉得自己这一代的重要和不可取代,实际上每一代人的能力与胆魄、运气和特质确实是不同的。用一部书写出一代人的生命质地或许不可能,因为个体差异太大太复杂了。但一代人毕竟是一代人,他们被命定在一个时空里,我们要有勇气面对这个显赫的事实。一代人的欣悦和悲惨、局限和幸运,对时代生活的参与程度,对人生大限的突破力,都需要好好追究。这个任务沉重到难以想象,不过总得有人试着去做一下。我们的主人公软弱甚至苍白,可是他从另一方面看又有狮子般的雄心。这个多情的人有时候弱不禁风,可在许多场合又是那样的卓绝无二。

这部长卷的写作对我而言好像是水到渠成的事情:身上有中青年的火力,走过了许多地方,读过了许多书,有半岛地区几十年的游荡史,耳闻目睹得足够多了。但是起意要做一件大事容易,坚持下来并最后完成就困难了。这段写作的时间拉得太长,客观环境与主观意识都发生了太多改变,而写作是这样一件事:守住开始的冲动极其重要。不过,写作者不断地纳入新的觉悟和意识是重要的。将所有这一切包容下来走下去,一直要走二十多年。这段漫长的时间里我较少疲惫和松懈,也没有气喘吁吁的感觉。心里明白这是一条长路,要翻山越岭。我也不指望有更多的同时代读者,仅就长度来说,我也不能期待有那么多人像自己一样沉湎。但我有理由相信这些文字具有的价值。

有的评论认为它是一部多卷系列小说,这是不准确的。从结构上看,它从头到尾是一个整体。就某一部来说是相对完整的,可以独立阅读,但也只是整个大建筑里的一个部分。这样把握它是必要的,因为这不仅是十卷的谋篇结构问题,还牵涉气韵和质地。徐缓,激烈,紧张,松弛,短促的停顿和长跨度的行走,不同节奏的行进完成了这部长卷。如果将这 10 部长卷从已有的 20 部长篇中剔出,剩下的 10 部就过于独立和有特色了,世界也变得狭窄了。

"高原"二字兼有地理意义和精神意义,分分合合又统一起来。书中有的人真的走到了高原地区,与留下来的主人公遥相呼应。就主人公"我"的视角去看,真的是"你"在"高原"了。但就精神的层面而论,那个"你"却是一种指称,是永远的期待和向往。"你"将一直处于行进之中，处于探究的途中。这部长卷或许没有超越《融入野地》，而是它的具体化、细节化、实在化。它们在精神向度上是基本一致的。我很难说这10卷中的哪一部更好，因为各有侧重。有人认为《忆阿雅》最好，也有人认为《海客谈瀛洲》或《无边的游荡》最好。我个人重视《家族》中散文诗的部分。

只要是文学作品就有意境的问题。其实小说的人物和故事、遣词造句，这一切工作最终都要通向不可言说的某种意境。意境会统治和笼罩阅读者，将身心浸泡其中。意境是无限的，而思想与故事是有限的。人物可能也是无限的，却没有意境的尺幅大。意境是一种无所不在的弥漫，是充斥，是无边无际的。依赖了意境，也就依赖了深不可测的力量。这力量是神秘的。

我一时不能判断这部新作《独药师》抵达了怎样的境界。对写作者来说，谈新作总是动情，因为创作时的热度还没有完全冷却。不过如实说，这部新作肯定是更加走向了简练。简练是极其重要的品质，更有难度。简练而不贫瘠是很难的。强化了故事性又远离了通俗的书写，也比较难。好的故事是所有写作者的追求，不过这追求中暗含了陷阱，即不自觉地省略更重要的诗性元素。我既要小心翼翼地绕过一个个陷阱，又不能让步履太过拘谨。这都是写作中需要克服的矛盾。

这是我长期以来用心积累的一些材料，同时也积累着使用它们的想法。书中写到的都是历史上真实发生过的，怎么表达这一切，需要进行一场复杂的实验。这次写作，我把更多的历史事件作为纲要放到了附录中，正文只呈现了几个展开的局部而已。越是这样，对历史全局的了解也就越是需要详尽，不能怕麻烦。我在与往昔的人物对话时，感到了时间的急促，因而能够进一步理解那些研究长生术的人，理解他们的焦灼。在半岛地区，今天仍然可以接触晚清时期革命或秘术的家族后人、与其有渊源的一些人。

我通过这本书的写作，仿佛真正地返回了一次故乡。以前好像都是在写他乡的故事，而这一次才是实实在在地写了脚下这片土地。这片土地绝不会与他乡混淆。就这一点讲，这之前做得并不令自己满意。半岛地区特有的人事与风习，异人异事，特殊的心灵世界，这次被尽情地表达了一番。一本书的写作时间是有限的，可是要在这么短的时间里写出极力追求永恒的那伙人、关于他们的不可思议的玄秘故事，本身就是一个传奇和冒险。

故事的答案是有的，对不同的人生选择的判断则要慎重。历史错误中有很大一部分，就是由于判断的莽撞才造成的。作者呈现出那些历史人物心与身的处境、各种真实的状况，就是写作中要完成的首要任务。评价历史以及历史中的人不能太过自信，这些工作的相当大的部分要留给时间，留给后来人去做。

人是各种各样的，相距遥远又遥远。处于同一个时代或同一个故事中的人，心思各异，志趣各异。有人相信爱的价值，有人寄希望于教化，有人认为暴力可以解决一切，更有人把追求长生视为最高的目标。这所有的东西都共存于同一个时空下，也就难免有些过往和交织，产生出无限的爱恨悲欢。他们的音容笑貌犹在眼前，所以离我们并不遥远。

所写的事物确实是真实发生的，几个主要人物都是实有其人，一些主要场景也都是当年存在过的，这没有什么问题。在这些"真实"面前我们今天的人看到了什么听到了什么，这才是关键所在。总是按照一些现成的概念去套用和丈量所有的人和事，这太省力也太不够用了。仅仅以书中的主人公冒死一博的爱情来说，也足够动人心弦了，这爱恋是半岛上特有的一段悲喜剧，可以说奇异无双。

文学是一种特别的记忆方式，这种方式需要写作者倾尽一生去研究和揣摩，它比我们想象的、平时认同的一些做法要复杂许多。一般认为那不过是利用耳熟能详的艺术修辞手法罢了，反正是"文无定法"，怎样做都可以。其实这只是从一个侧面一般化地讲了创作的发生。虚构作品的写作就更加特殊一些。虚构源于作者特异的心灵，这种心灵既通向所有的心灵，又与其他的心灵毫无雷同。平时我们看到的文字，有些是可以一再复制的，所以算不得真正的文学虚构。比如浮士德一类的人物是不可再现和复制的，它超越了一般的"个性与共性"的关系。季昨非这种人的内心世界、全部行为的表达，只是朝"不可复制"那个方向做出了一点努力。

粗略地看不同的人生选择，其轨迹也就那样了：不同的类型，生了死了，革命了反革命了，忠诚了背弃了，诸如此类。写出内里的宛曲柔细，一个人或一件事到底是怎样发生或改变的，这正是文学要做的事情。如果被类型化的惯性影响和诱惑，明里暗里跟上走，作品就一定会平庸。季昨非与类似的人有什么不同，这是在他的生命局部，在腠理处要解决的问题。有时候我们过于在意一个人干了什么，而不太注意他生活中的频频冲动有多么怪异、这怪异与本性之间的关系、与性格逻辑之间的关系。最好不让自己的"理想"去影响作品中的人物，要尽可能克制。

人们从来都是不一样的，生来如此。人各有宿命，人的一生不过是奔往那个方向。作者极力理解他们的宿命，同时也在叩问自己。这种写作危险四伏，需要小心翼翼。这可能是老年人才能做的事情，是带有悲剧性的、老眼昏花的手工活。不是书中的人物倔强，而是必要奔向的那个命运之力太强，一个人无论怎样挣脱都是枉然。我们为了好理解，就将这种挣脱命名为"倔强"。

我觉得写作的盛年和其他盛年并不一致。好像刚刚开始能够写出点什么，刚刚退出了芜杂的地场，人已经老了。在这里盘点批判以往的写作是有可能的。看最近这部作品中的人物，好像对他们的命运有了进一步的理解：做自己最想做的事情，反抗命运，一边反抗一边投向归宿，就这样演完一场人生悲剧。

诗人不一定是以我们所熟悉的那种短句排列的形式写作的，而是以各种形式。但我一直痴迷于这样的短句。最早发表的是诗，一直写下来。在我看来诗的写作是最重要的，没有写出心中的诗章会是深深的遗憾。作家把最好的时间用来写诗可能最划算。最深入最传神、最生动最绝妙的个人表述有可能是诗，它是真正的语言艺术，大概没有一部杰作的质地是背离它的。粗糙的文字堆积不会有什么文学价值，尽管这样的堆积已经把现代读者包围起来了。

翻译作品对我有影响，但最渴望的是植根于中国传统。中国古诗和诸子散文是最丰厚的营养。当代写作者在一百余年来的强劲西风中是受益者，也是受害者，就像免不了要吸收一些民族的传统糟粕一样。敏感的选择力和判断力具有决定意义，养成一种清洁刚健的品格很不容易，但太重要了。现代艺术是有魅力的，不过裹缠了太多的无聊和荒谬，常常欺世盗名。没有十全十美的艺术潮流，也没有这样的艺术时代，清醒的艺术家不过是在挑剔与鉴别中、在挣扎和规避中成长和存活着。我没有概括时代美学精神的能力，但叮嘱自己：一定要保持警觉心和吸纳力。

我因为写作的需要，曾经随身携带过一些有关古齐国研究的书。这类著作还太少，读得也晚。读这样的书除了增长知识，还能使人安静，放大一下视野。好的阅读帮助我们抵挡庸俗，庸俗与轻浮的写作首先会毒害自己。总觉得用来改变自己的时间已经不多了，一个人能做的事情比想象的还要少很多。说到文学表达，写作者立足于一块极小的地方就很好，一些中外好作家都试着这样做过。他们不仅是为了以少胜多，还因为精力有限。

作家应该有强烈而敏感的道德意识，有理想，却不喜欢这样被人集中地解读。因为这些"意识"和"理想"之类不会是独立于作品之外的东西，不是附加上去的，不是宣誓的言辞。它们的存在从形式到内容都是复杂的，一旦简单化概念化地抽出和剥离，也就割伤了作品。泛道德化社会化的文学批评是有害的，这样的批评并没有进入艺术品的内部：真正的文学阅读要从语言开始，这是唯一的门。

一些有趣和迷人的拉美作家唤醒了启迪了我们，让大家心存感谢。但事情做过了头也有问题。比如从没有什么神秘的地方硬是弄出了神秘，就成了让人厌烦的套路。怎样尽快地从这个套路中走出来，是一些人要做的事情。海明威活着的时候嘲笑过这种故作神秘的作风，今天看仍有意义。那些成功的拉美作家不过是找到了自己的语言调式，他们不傻，不会认为生活真的那么神秘，他们很聪明。他们谈创作时有些逗人的趣话、夸张的言辞，这和写作用的手法是一样的，天真的急于学习的人听到了，就信以为真起来。半岛地区的风气既然有点神秘，那就如实地表达它，最可贵的还是诚实和恳切，不能夸大其词和言过其实。守住这个底线很重要。

《诗经》《楚辞》等作品有着恒久的魔力。先秦以后的文学表面华美,魔力却在递减。文字的力量随着时间的演进不断挥发,渐渐淡下来。这是个感觉而已,不好说。欧美的文学灵利,俄国的文学沉厚。俄罗斯文学的力量在求新逐变的网络时代最容易被人误解,然后疏离。投机的小智,俏皮和浮华,离开先秦文学和俄罗斯文学的气质太遥远了。

我需要再沉潜一些。年纪让人懂得了一点文学上的事情,这是很难的。快和慢虽然不是创作上的根本问题,但慢一点总是好的。文学大致上不是什么快的行当,只需要闷默悟思、自我满足。文学的制胜之心是最害人的,这里没有胜利者,只有自吟者和记录者。懂得了这个会好一点。好的长篇需要诚实,需要个人的声音,磨洗的语言,特别是强大的心灵力量;要有迷人的局部,要经得起细读和重读。草率地堆积一些事件和一群人,毫无意义。写当代生活最考验作家的才能,眼前的生活就像北方的牛一样,在现代写意画家那里不太入画。

一个作家如果把自己的写作归入某一类,不论这一类多么时髦和光荣,多么值得奖赏,都会隐隐地不安。实际上不会那么简单。省力的事情不是好事情,以为归到某一派里就找到了艺术的窍门,这是幼稚的。我们有学习的榜样,大榜样尤其值得学习,但这主要是指精神品质方面,艺术技法反而是次要的。把技法当成主要的学习目标,那大概偏了。文字是生命之河的表象,每一段水流都是不同的,所以文字也必然不同。

作家与社会保持紧密联系肯定是有益的,他的心情要经常被眼前的事物触发,让思维活泼新鲜。即便是写古代的生活,也离不开现实的撩拨。但是杰出的想象无法找到规律,真正的创作也不能按部就班。半天工作半天休息,这过于理想化了,真实的写作生活未必是这样。冲动是不邀而至的,灵感也说来就来。我大致相信那些习惯于寂寞漫长的室内生活的人,这些"闷人"往往有更大的生命爆发力。阅读的重要不仅是增加知识,还能激发想象。最主要的是,阅读也是一种很可靠的生活方式,没有这样的生活,作品的质地和纹理可能会有问题,比如粗疏和肤浅。

如果只写虚构作品,就会怀疑自己的工作,会不安。有人总担心只做一份专门的手艺委屈了自己,尽管这有些自大。编故事这门手艺容下了很多了不起的人,但还是有人不安。小说家比串乡的艺人高明不了多少,虽然这种人也令人着迷,但在知识分子眼里还是少了一点什么。生存的技艺是生存逼迫出来的,但生存之上还应有更多。我们无权对串乡艺人提出过分的要求,但可以不是串乡艺人。一个人既来过了,就有话要讲,有一点热情有一份真心。这是自然朴素的过程,也好理解。仅仅痴迷于一种谋生的技艺,也令人尊敬,因为技艺里面有大道。但是匠心磨人,也腐蚀人。

持续不断的写作是生命力的体现,是劳动欲强旺的表现。好奇心决定探索的深度和广度，它一旦减弱对创作来说不是什么好兆头。换一个环境生活，空气新鲜，又满足了好奇心，表达的欲望就会增强。经验总是不断拓展的，并非只有一种或几种生活方式才会使它拓展，而是所有的方式都会。这样的认识和界定很重要，不然就幼稚了。对新材料的处理能力，取决于写作者的心灵洞察力，而主要不是对材料的熟悉程度。这种能力后天可以改变，但基本上是先天决定的。我们不能过分相信熟悉材料的意义。好的写作者无一例外都是"明眼人"，凡事长于洞悉。不是这样的人，其他的也就谈不上了。不过无论如何，还要努力地熟悉材料。

一个人有再大的想象力，也抵不过无数人的做和想，这个简单的道理不须讨论。写作者知道外面的事情并不是越多越好，因为人脑的处理能力和贮存能力总是有限的。人的特质不一样，生活方式和工作方式也不同。有人需要掌握无数的信息，要尽可能地"跟上"，而有人则尽量封闭自己。封闭者未必无能，开放者未必就多能，反过来也一样。有人的习惯看法是，关注无尽的嘈杂还不如回避它们，因为它们基本上不是生活中的良性元素。安稳和平静从来都是人生之福，在很大程度上来讲，人的一生就是追求这些的。我们常常苦于没有这样的条件罢了。如果反过来，以追逐这些八面来风为荣，那就太傻了。当代作家的局限，大部分表现在习惯性的追逐上，而不是相反。

成熟意味着丢失一部分鲜活和冲动，也是不可避免的一个过程和归宿。不过成熟之美人人都能感受到，这就是安详和慈爱的增多。孔子说的随心所欲而不逾矩，就是最后的成熟。人生格局变大了，习惯于从大处着眼，再加上苍老皮厚，动辄愤怒的情形也就减少了。对诗意来讲这不全是优势，就思想来讲却是个大优势。一个作家的成熟，最好是既有了大优势，又能保持一颗纯稚的童心。所以好作家都是天真的人。

鲁迅的绝望和悲观，整个人生的悲剧性，是无限魅力之源。有些很圆融很深刻的学者不具有鲁迅的魅力，也是可想而知的。鲁迅看取人生较少肤浅的错误，所以总是难以过时。而历史上多少乐观主义者，都被时间抛得很远了，因为经受不住检验。鲁迅经受了时间的检验，会一直存在下去，这是我们深深敬佩他的原因。杰出的作家写了人生的欢愉也写了人生的黑暗，与鲁迅铺就的生命底色是一致的，这就了不起。

我的最大文字量不是长篇小说，而是散文。我觉得应该这样，因为虚构的故事和人物占了写作的大部分时间，总有什么不对劲儿。我不是一个安于编故事的人，无论这种工作带来了多少收获。我不会轻看编故事，但也不会将这种工作看得过高。就文学本身而言，最高是诗；就写作而言，最自然最有效的是散文。当然这里指广义的散文，而不是什么精致小作文，后者意义寥寥。从工作的时间和经历看，似乎走到了懂一些事情的阶段，但能否算写作的黄金时段，还要看精力如何。后者显然是最大的挑战。长篇小说的写作应该非常谨慎了，因为这是从生活中滤出一些颗粒，要选取最圆润最饱满的，标准将越来越苛刻。

关于文学说辞上的概括，我一直迟钝，总觉得陌生和费解。因为这大致还是文学研究者的工作。有人对这种分类大不以为然，认为没有一点意义。我则认为不同的工作有不同的方法和路径，都有道理。写作者贵在保持个人的诗意，这是自然而然的生命流程。生命之河有不同的宽度和长度，翻腾着不同的水浪，于是才有存在的价值，才可以互相比较。不断地认识和表达，印证人生四季，这是写作的本相。写作与世俗荣誉无关，虽然总要受到它的扰乱。谁的内心少受一些扰乱，谁的成就也就更大一些，也更加愉快了。

三十多年来，当代文学之躯由众多好作品构成了骨骼。细数哪个更好却不容易。它也不是越来越好，而是起伏变化的。有人认为越来越好，那是误解。给人印象深刻的不是网络兴起的时期，而是过去。过去那些激动人心的长篇和中短篇，还有散文，今天看更加激动人心了。它们竟然能够经得起重读，了不起。

时间将做出可靠的判断，眼前的各种争论就像当代作品一样，是一片水雾样的存在。对当代文学总体评价不高，或许意味着杰出的植株就隐在其中。任何时代都不会有那么多的杰作，总体评价都不会高。总体上高，水平齐整，令人愉悦，也说明有平均化的特征。文学艺术的经典都是从相当芜杂和无聊中生长出来的个体,大面积的庸常和颓丧正是最好的腐殖土,大有利于生长。一般而言的群体乐观,对艺术而言大多是一种假象。群体的优异总是一般化的,群体的庸常才是常态。这样讲有点残酷,但实际上就是这样。我们作为个体既不安不平,又难以回避化入腐殖土的可能。

"当代文学经典化"不知该怎么说,因为"经典"是历经无数波折、漫长的演化之后才出现的一种比喻。这个过程一百年还嫌短,可能需要更长的时间。为经典操心,这既可以理解,又实在是额外之举,基本上不是我们当代人要想的事情。不过谈谈经典在所难免,过分认真或专注地去找也没必要。我们即便具备深刻的洞察力,也还是缺少判断经典的条件,这个条件就是时间。每个人只拥有几十年,怎么谈论它?

翻译过来的文学很难讲,因为我们知道一个常识:文学是语言艺术。我们究竟在多大程度上从这个意义上进行了翻译,还是个未知数。一部外国作品属于真正的语言艺术,这其中有多少是译者的功力,我们还不得而知。同样的道理,中国文学译出去也面临这个问题。可以说好的译者决定了大部,他是再创造。美文不可译,粗文大可译。在一个浮躁的功利的时代,一个作家如果不爱文学了,有些译者倒有可能更爱他了。比较来说,译出一部急躁而粗疏的功利文字是更容易的。文学急于"走出去"的热闹在外行那儿也好理解,在专家这里就不必了。成熟、深入和精微的异国交流才有意义。

当代文学批评很活泼,但也有相当一部分与文学关系不大。它们基本上没有涉及文学本身,而是一些社会化批评、泛道德判断之类。这些文字随便放到哪个作品上都行。文学批评应该深入作品的肌理,从最基础的工作做起:循着语言的门走入作品内部。有的评论似乎缺乏基本的文学阅读能力,并未触及审美。艺术生发于心灵,最忌组织一些时尚词句大而化之。类似的行文和阶级斗争时期的批判文章其实是同一种套路:只谈社会和道德,不谈文学。有些文学教育不是教人怎样进入文学阅读,不去开启智门,而是教他们怎样说时髦的套话。

有人认为,将"先锋"当成一个专门的文学品种是奇怪的,因为真正优秀的写作都具有先锋性质,它不会是某种套路,只有不求甚解的外行才会在乎这些;写作者不在意且十分排斥那些概念,它们生硬无趣,进入不了文学实际,无法用来描述当代文学。不过我仍然觉得:研究者与写作者还是不同的,他们各有自己的习惯动作。回忆80年代的文学情状,一切好像近在眼前。生气勃勃或生气灌注,视野有限但创造力极强,字正腔圆。90年代结出了更多的果实,写作者依旧专注,这一段可能是比较理想的创作时期。随着进入网络时代,雾霾来了,考验韧性和定力的岁月也来了。这种考验越大越好,这是个磨洗锤炼的过程。

作品发表的方式不同,但文学的标准不会有什么改变。严谨地书写每一个字符,这是写作者必须坚持的,是一种专业底线。

新的科技发现以及引起的诸多改变,常常让人文工作者心慌意乱。其实从秦代到现在,人们历经了无数次世界范围的科技飞跃,文学的基本标准和品质却没有大的改变。因为人性的变化甚少。文学所表达的无非是人性在各种环境下的可能性、它无限延伸的幅度、它的前方和后方。文学是一种高超的语言艺术。有一种说法是"人性"也就那样了,重点是考察它与环境的关系,这也有道理。绝对的不变当然不可能,但基本上还是不变的。认定这一点很重要,会影响到我们对文学的理解。文学的浮躁和紊乱许多时候也来自对科技的恐慌。三十多年前有位作家朋友从大城市归来,脸色苍白地告诉我:信息时代就要来了。他一度吃不好睡不好,也不再用心写作了。其实什么时代都要吃饭和休息,写作也要一个字一个字安排好,信息时代同样如此。生活中有些东西是不会改变的,比如剪刀筷子榔头这类基本工具,几千年来就没有什么大的改变。文学正是生命表达的基本工具,不会有什么大的改变,我们好好使用它就可以了。

文学对生活的影响不必置疑,就像风的确存在一样。但不能渴望一部书改变一个地区的生活,这是两码事。文学不是行政命令,但它的力量却更加悠长无测。一部书的反响问题,说到底是人与人之间的交流,写作者不可能不关心。但也不要太关心,因为心灵和精神之域,有些极深邃的部分是难以交流的。文学讲究深邃，不希求浮浅。雅俗共赏多半是偶然的，或者并不存在，所以不能太迷信这种说辞。

2017 年 3 月，王雪瑛访谈辑录

出发之地

一

写作者上了年纪,会越来越多地想到过去:过去的生活环境,过去的创作状态。不断地回忆那个出发的地方。

时间太快了,转眼就是十年二十年,好像掌管时间的上帝在跟人搞恶作剧。也有人责怪网络时代,认为这个时代把时间重新分配了,分割出一些小而密集的虚拟空间,消耗和分散了人的注意力,让人每天都在时间和空间的圈套里钻进钻出,忙得团团转,没有方向感,不知不觉中光阴就溜掉了。宝贵的日月就这样耗尽了,生命也耗尽了。想一想这真是令人惊心,也很冷酷。

我的思绪经常要返回到东部的一个半岛,那是一片海雾缭绕之地,是我的出生地。

它在山东半岛的东部,看地图,是胶莱河以东伸进大海中的一个很小的犄角,即胶东半岛。再放大这张图的局部,可以看到犄角上的犄角,它是胶东半岛西北部的一片冲积小平原,是古黄县的北部。直到战国时代那里还是一片沼泽和莽林，经过长年累月的淤积，慢慢开发，才逐渐形成现在这片平原。古齐国末期，小平原的南部已经变成一个人口比较稠密的地区。这一带是"东夷"重要的组成部分，是古代炼铁术诞生的地方。繁体字的"铁"字一边是金，一边是夷，就包含了夷人炼铁的意思。

童年记忆中，小平原的北部全是密林，老人对孩子们反复交代的一句话就是：一个人千万不能随便进入林子，因为会迷路走丢。真的有入林后再也回不来的孩子。有人依据现在的观察，认为海边不过是南北纵深两三公里的林带，连接了成片的灌木而已。但三四十年前林带以南仍然有成片的原始树林，有杨树，橡树，柳树，很大的古槐和银杏。到了20世纪60年代，靠近海岸的地方才开始栽松树，称为防风林。几万亩的人工林和原来的野生林连在了一起，无边无际，成为一片真正的莽林。

我在这样的一个环境里度过了童年和少年，后来就离开了。再次回到海边已经是二十多年之后了。这里的一切面目全非，是归来者在惊讶中不得不接受的一个现实。

人回到久别之地是极重要的一件事，在内心深处，常常是十分激动的时刻。无数的怀念和回忆不自觉地涌来，往事一幕幕从眼前闪过。我在少年时代生活过的地方不停地奔走，一遍遍地看和问，极力寻觅记忆中的人和事。林子已经去掉了绝大部分，一些大树没有了。印象当中有一条路，路边的银杏树至少有近百年的树龄，它们都没有了。有一片大橡树林，也没有了。一片片大杨树、大柳树，都没有了。这完全不是我生活过的那个地方。光秃秃的沙土地上有些灰头土脸的楼房，散长着不多的小树和灌木。起风时扬起沙尘，塑料袋和杂屑一块儿飞起来。这里再也没有了那个蓊郁的世界，荒凉，嘈杂，脏乱，让人看了心上发凉，空荡荡的。

记得当年沿着一条林中小路往南，会走进"灯影"，那是古代荒野上慢慢集聚起来的一个村落的名字。它离我们的林中小屋最近，所以也最熟悉。而今村子早就搬离了，问起小时候的一些人和事，只有上年纪的人才能回答几句。当年给我印象深刻的有两种人：一是在当地很受尊重的体面人，或者是很有趣的人；二是那些坏人，即臭名远扬的人。我惊讶地发现，几十年过去了，那些道德楷模、一表人才的漂亮男女大部分都不在了，有的沦落他乡，有的去世了，不少人下场凄惨。另外一些令人害怕的家伙大部分还活着，不过已经很老了，瞪着一双尖利的眼睛。

说到过去，老人们感叹：原来这里的林子多大啊，就因为几十年来不断地伐树，今天伐几棵大树，明天砍一片林子，一车车往外拉木材，树就没了。不断地死人，因为战乱，因为饥饿。

每隔一段时间就有一批大树被伐掉了，树长得越大，越是引人注目。"木秀于林，风必摧之"，这句话是大家都熟悉的。在经验里，一棵或一片大树是很难保存的，它们早晚要被人干掉。我曾经在欧洲街头看到一些令人惊叹的大树，它们的年龄比人的年龄大得多，可见要受到一代又一代的爱护才能活到这个样子。比如在阿根廷，我看到许多像一座大楼那么伟岸的大树。这在我们的城市和乡村哪怕有一棵，一定会在几十里的范围成为传奇。我们这里更多的是新栽的小树，而且是速生品种。老树没了，大树没了。我们又不是在伐木场工作，可就是爱砍树，不停地砍，性子急躁。几乎所有人都有这样的回忆：每隔几年或几十年，一个地方最令人注目的大树就会失去；同样每隔几年或几十年，特别令人尊敬的一些人、一些杰出的人就没有了。

树和人的命运、生存与消逝的规律是完全一样的。我们不能战胜这种宿命，这是我们的悲哀。

二

得出这样的一个结论是可怕的。我们做了各种努力，兴办教育，不停地植树，倡导爱护人才，所做的一切无非就是想拥有更多的大树和杰出的人物。但是无论怎么努力，都不能阻止这样的现实：每隔几十年就有一批大树消失，一批杰出的人物消失。砍伐和伤害是人性中不可消除的黑暗，不可遏止的冲动。

我们感到非常痛苦，但是毫无办法。剩下的事情就是怀念它们和他们，一遍遍怀念。

有人认为从文学创作的角度讲，理性太强，道德感太强，情感太重，会阻碍浪漫的想象和思想的远行。但是没有办法，我们大概谁都无法忘记自己的出发之地，无法不去回忆当年的一切，那时候的状态与心情，引起一阵忧伤和沮丧。

还记得最初的写作，那是我们的开始：把书看得很神秘、很神圣，每本书几乎都是一道秘境，吸引人走进去。书对人的诱惑太强烈了，让人夜不能寐，而且让人变得心气高远。最初的文学尝试总是伴随着巨大的激动，来自他人的任何一声鼓励都会在心底溅起浪花。那些滚烫的心情后来很长时间都不能忘记，对书籍的爱，对所记述和描绘的一切的深刻情感，直到很久以后还是簇新的。

有记忆就会有比较，让我们看到昨天和今天的不同。随着年轮的增加，生活开始毫不留情地磨损每一个人，可以说印迹斑斑，荣辱相叠。一个人随着脚步越走越远，关于出发之地的那些记忆就变得淡漠了。最初留在心中那些极强烈的东西正在一点点减弱，就像一种化学元素有自己的衰变周期一样，原有的力量正在时间里消耗殆尽。

一个写作者可能在技术层面上更成熟，知识不断增加，甚至变得像学者一样，讲起来头头是道，古今中外无所不晓，很是博学，像一个国际人士。但也许就在这个过程中，身上那颗诗与思的种子正在慢慢变质，因为它需要情感的土壤去培育和滋润，不然就难以抽枝发芽。

我们身处时下这样一个纵横交织的网络时代，太耗损感情了。小时候在林子里听到一个噩耗，一个悲惨的事件，会觉得惊讶以至于震撼；知道一个惊喜的事件也要久久兴奋，引出诸多美好的想象；种种刺激都会变为记录和传告的动力，然后化为一行行文字。今天却要不停地接受信息轰炸，手机和电视，一沓沓街头小报，大叠的图片，它们一块儿承载了无数稀奇古怪的消息，什么大恶大善奇闻怪事，一切应有尽有。我们的心早已疲惫了，眼睛也酸痛起来。这些成吨抛下的信息火药把人的心灵轰击得一片狼藉，早就情感乏力，再也没有激情，没有了创造的张力。

可是怎样才能回到过去？没有任何办法。人在城市的丛林中喘息，再不能指望回到记忆中的那个犄角，不能隐藏到那片无边的莽林中。一个人一旦起步也就只能往前走，从人烟稀少处走进人烟稠密处，一直走到今天的网络时代。已经逝去的是一个沉寂的时代，贫穷的时代，也是老旧的时代，尽管这中间只隔开了四十多年。那个时代留给我创痛，还留下很少的几本书、无边的林子、一座孤屋和一盏油灯。

在那个封闭的角落里，一个文学少年情感饱满，积累着倾诉的欲望。这欲望期待着回应，回应又产生了新的动能。然而时过境迁，那种美妙的循环好像突然就终止了。

关于往昔的回忆，有一个镜头是最难忘记的。

那是渐渐长大时，我不得不离开林子，到稍远一点的地方去读联合中学。它在林子南部，是几排灰色砖房组成的一个大院落。这里集中起一大群孩子，还有十几位男女老师。有一天突然传来一个消息，说我们联中马上要来一个了不起的人，他将是新来的校长。传说中这个人太了不起了，简直无所不能，会各种乐器，还精通球类和其他，人长得也像个英雄。我们都被这消息吸引住了，天天盼着这个人来。

这一天终于来了。许多年过去，我对那一天的情景仍记得清清楚楚。好像是半上午时分，校园内一阵喧哗，接着许多老师和同学都跑到了操场上。出现在我们面前的是一个三十多岁的男人，中等个子，穿着中式浅灰色上衣，笔挺的西裤，围一条深色围巾，脚上的皮鞋黑亮。他脸色很白，多少有些苍白，乌黑的头发梳得十分整齐。浓眉，明亮的大眼睛。整个人干净利落极了，没有一点烟火气，绝不像我们平时看到的人。这就是新来的校长。

我们在心里发出惊呼，将新来的校长视为天人。

三

就因为这个校长的到来，一所乡野联中完全改变了模样。如果说这里以前是清一色的灰砖色或土黄色，那么从这一天起就变成了诱人的彩色。这里有了音乐，有了没完没了的欢笑和歌唱。我们开始觉得自己的学校是天下最好的地方。

日子一天天过去，关于他的所有传说正在变为事实。这个人真的无所不能，他竟然会演奏那么多乐器，无论什么乐器在他手里都一下神奇美妙起来，口琴，笛子，二胡，板胡，手风琴，风琴，小提琴，什么都难不住他。这些乐器发出各种奇妙的声音，简直成了神物。

他是球类运动能手，篮球、排球和乒乓球都打得好。只在不长的时间里，他就分别训练出一支篮球队和排球队，并且指挥了几场动人心弦的比赛。最出人预料的一件事，是他后来操作的一台印刷机。这台油印机平时不过是印印考卷之类，到了他手里却大显神通：他亲手刻制蜡版，一些从未见过的美术字和图画就印出来了。惊人的是他很快给这个油印机派上了大用场：印一份文学刊物。这是他亲手创办的刊物，他带头撰写作品，并号召所有老师和学生都写，然后挑选出最好的文章刊登在上面。

他还组织起一支业余演出队。校园里学习乐器的师生很多，也涌现出许多擅长表演的人。原来各种人才都一直潜伏在校园中，只等他的到来，然后被一一召唤出来。

这份诞生在丛林边的文学刊物，无论当时还是现在看，都算是一个奇迹。就因为有了这份杂志，多少人开始了发愤阅读，并尝试去做一件最有魅力的事情：写作。用文字记下心事、周边的事儿，描述一切。高兴与不高兴都可以写在纸上，使用所有我们知道的美妙词句。无论谁写出一篇有意思的文章，大家都会大呼小叫一通，从此对他刮目相看。一篇歪歪扭扭的文字一旦印在杂志上，马上变成了好看的美术字，还常由一些美丽的花纹环绕着，配上插图，真是漂亮到令人无法相信。

很久以后我们都会肯定地说：那份油印刊物发表的作品，比后来所有铅印报刊发表的更为激动人心；那种油墨的香味也浓烈许多倍，这是一种不会消逝的文学的气味。

就是这么一个人，他对我们的学生时代产生了无与伦比的影响。我知道不仅是学生，就连当年的老师们也将他当成偶像。在我们眼里，他是一个没有缺点的人，一个博学多能的人，更是一个品格高贵的人。他能将世上的一切事情都干得漂漂亮亮，而且只有成功没有失败。

二十余年之后，当我返回这片土地的时候，发现成片的大树消逝了，一些人也消逝了，其中就包括我们的校长。

很少有人知道他，不知道他在哪里。这里好像突然长出了崭新的一代，他们的面孔十分陌生，简直无法连接昨天，难以接通一个地方的记忆：对并不遥远的过去一无所知。他们从来没有听说这里还有那样一位神奇的校长，对所有的问讯都感到大惑不解。最后幸亏一小部分老人，是他们吐露了一点信息，尽管语焉不详。原来的联中旧址变成了一个矿山锅炉房和堆煤场，学校四周的林木被红砖垒起的破旧厂房替代。那个叫"灯影"的村子无影无踪，已经搬到了远处。

校长去了哪里？经过不少人的指点，我最后好不容易找到了几十里外的一个乡村集市。这个集市很大，但给人的印象破破烂烂，是所有东西的汇聚地和展示地。人多极了，吆喝声震耳欲聋。这里每个周三和周六是集市日，而周三的集市最大，我要找的人一定会按时出现在这些拥挤的人群中。

不知找了多久，从集市入口找到出口，总是不见人影。最后天色很晚了，我正准备起身离开，突然围在巷口的一伙人闪开了身子，从巷子里慢慢走出一个人。大家都一声不吭地退到了一边，为他让出一条路。这个人拖着步子往前，穿了一件长及膝盖的破大衣。我注视着他，忍不住跟了上去。

　　我走到他的对面，这才看出是一个老人，好像有七十或更大一些。他的头发乱成了一团，上面沾满了草屑，脸上有很多灰尘，皱纹是黑色的。他一直抄起手，低头在地上寻找什么，有时候蹲下看一片菜叶，看上很久。他嘴里咕咕哝哝，听不清；有时抬起头，两眼痴呆地望着远处，半张着嘴巴。

　　这个人就是我们的校长。

四

　　人总是返回得太晚，总是错过一些惊人的场景和重要时刻。比如那些大树和林子消失的过程，它们怎样被砍伐，日日夜夜往外运；比如一个人人敬重的校长，如何离去，又如何变成了一个衣衫褴褛的痴人。所有细节没有目睹，它躲过了我，让我在暗中想象。

　　摆在面前的只有一片狼藉。这种情形有没有例外？我们到哪里去找安然度过百年的大树林子？还有校长，校长一样的人，他们今在何方？

一切不幸都有着复杂的缘由，但就是改变不了可悲的结局。

一个人回顾过去是必不可少的，这回顾如果不是为了获取一点悲凉和一点感慨，那就需要从头总结。站在出发之地会想：我不久就要离开这里，继续往前了，我走到了哪里？这时候才会发现自己真的走得很远很远了，走到了一个少年时代做梦都想不到的陌生地方；还有，时至今日，我们知道自己所能做的已经很少很少了。明白这些让人难过，但也没有办法，因为我们既然无法改变自己，也就只好继续往前。

我离开那个寂寞的、树木葱茏的角落将越来越远，我还要不断穿行于一些大学、城市，再不就是继续待在自己的斗室里。像所有人一样，我没法拒绝网络的喧声，也钻不出上帝布下的这个时间和空间的圈套，比如，扔不掉手机。一部手机简直成了生活之源、知识之源、欢乐之源、也是痛苦之源烦恼之源。我们都被一个小小的物件所累，所缠，却拿它没有一点办法。

我们需要挣脱与解决的问题，正是网络时代所面临的普遍困境。这个炽热到不能再炽热的娱乐时代，欲望和商业的时代，每个人都深受其害，不能自拔。井喷式的电子信息对一个民族是福音还是噩耗，一时还无法判定。越来越多的人怀疑那些花花绿绿的闪烁的荧屏，正感受它和便利与消遣捆在一起的不安，还有显而易见的伤害与危难。我们从根上失去了安静，整个喧嚣的世界没有给我们预留一个静谧的角落。

有时候我们会觉得人类来到了一个奇怪的分水岭，一个岔路口，如果在这个地方走错了，所有的一切都会遗失。这个时期的文化土壤已经改变，它不再是我们所熟悉的传统，不再是培植一个民族的文明，而是削弱和败坏。我们甚至失去了最基本的一个条件：时间。所有的时间都被沸滚的网络给煮化了，连一点渣滓都没剩下。

不过是几寸见方的荧屏却容纳了无限的东西，它们呼叫着一掠而过。沉迷其中的人似乎什么都懂，却脆弱得不堪一击。人开始变得极为晚熟，当发觉自己长大了的时候，已经接近了晚年。最有生命力创造力的青春期就消费在虚拟的世界里。托尔斯泰引用一位古人的话：特别有"知识"的人都不聪明，都没有智慧。而这些所谓的"知识"，一直在网络上号叫奔涌，无始无终。

生活中缺少以前那样的莽林，就把自己关到书籍的丛林中。在这里，我们渴望搅了一天的浑水能得到一点沉淀。

疯狂的物质主义时期，人在文字中表达急躁和绝望。质朴、诚恳、谦逊的品质越来越少，自大、狂妄和流痞越来越多。在这样的潮流中，写作者的诚恳和诚实等同于虚伪，甚至被认定是不该存在的东西。接下去仁善不存，侵犯和挑战也成为理所当然的常态。

仍然让思绪回到那个海角，在物非人也非的旧地徘徊，回想当年的一切。琅琅书声和无边的莽林一起逝去了，只有它的温情永难忘记。这里教给我们的、给予我们的，可能一辈子都享用不完。

往昔所给予我们的一切不是博学和技巧，也不是其他任何东西能够兑换的。一个人失去了这些，也就失去了最大的依靠。我们需要不断地把昨天找回来，找回出发之地的那份记忆，沿着当年那个情感线索追寻下去。不然，前面就只剩下了一条欲望的路、一双急切的眼睛。

我们可以作证，在某个地方，一些正直而有趣的杰出人物，一些高大俊美的树木，一起消失了。而我们今天特别需要他们和它们。世界上不过有两种生命，一种是植物，一种是动物。植物自己不能动，人和动物能动。无论能动还是不能动的生命、大或小的生命，都不能因为杰出而变得生存艰难。

说到底，人类只有依仗自己的善良和宽容，才能走到美好的未来。

讨论：

没有主题/古代批评者

在作家眼里，作品是没有"主题思想"的，而只有"思想倾向"。不过写作者的表达相当晦涩，有时候还沉浸在某种语态或情境里不能自拔，有时候甚至把自己都忘掉了。评论家的解剖在作家看来是很危险的，因为感性充沛的躯体被肢解了，一个生命就剩不下什么活气了。像古人金圣叹张竹坡一类的批注，他们首先是鉴赏，从语言细部入手，把字里行间的奥秘拆解出来，何处绝妙、微妙、陶醉，一点点拨弄，让其跃然纸上。

创作谈/一个简单的道理

创作谈是作家的夫子自道，自我诠释，虽然也不能全信。有时候作家为了把思维导向他希望的方向，所谈的只是一个方面，体现了别一种用心。作家是蛮复杂的，少写一点创作谈更好，不能自我简化。把解释权留给自己，除非是万不得已的时候。形象的空间本来很大，最后被自己诠释成了一个很小的世界。作品一般都比创作谈要复杂得多，可以多解，而创作谈总是比较单一的。

文学和艺术的广告不可能没有，这属于商业行为，正好和纯粹的文学写作本意相反。无论是多么有主见的人，当别人不停地重复什么，多少还是要听进一点。所以有人要反复地、不遗余力地推销。不过在经验中，只要是广告做得特别厉害的书，一窝蜂去买的书，一般就不必看了。在长期的阅读史里，我们懂得了一个简单的道理：真正意义上的好书，不可能在短时间内跟那么多人达成共识。

真正杰出的语言艺术需要时间，开始只依赖小部分人。这小部分人往往是最有力量的，这力量会传递出去。有些人说现在不必有纯文学写作了，理由是现在都读手机和电脑，都看电视。他自己是这样的趣味，误以为别人都像他一样。他不知道各种各样的人都有，他不爱文学，有人非常爱。对语言艺术的感悟力是天生的，有的孩子要看好的文学作品，激动得夜不能寐，因为人天生就有这种感受力。

网络写作/经典的陡峭和险峻

所谓"网络文学",有相当好的,也有一部分是粗糙不堪的文字堆积,与语言艺术即文学写作基本上没有什么关系。七八年前跟欧洲作家交流,谈到了网络上的拙劣文字、数以百万的阅读量,对方都很迷惘,说那里没有这个,所以不能理解和想象。他们不认为在网络上发表与在杂志上发表、与出书会有什么不同,就写作者来说应该是一样的,即认真苛刻地对待每一个字。电子出版物在欧洲呈下降的趋势,北美也是一样,因为经过一段时间的沉淀,读者觉得远不如在纸质书上阅读更好。在欧洲和北美不存在的问题,到了我们这儿就变成了严重问题,值得我们反思。

经典不一定是我们喜欢的,但喜欢的概率可能更大。经典总是写得很节省的,较少文字的浪费,其特点是节俭和精练。有人认为经典看起来太慢,因为写得太烦琐。这真是奇怪结论。比较起来经典一定是文字最凝练、节奏最快的,所以才吸引了一代又一代人。

有些人所说的节奏快慢,是用非文学的眼光去看的,他们误以为快节奏就是情节上的跳荡,是通俗剧一类的噱头和悬念。经典作品在最细微处有着频繁的调度,吸引人的元素特别多,看起来一定是紧密的而不是松弛的。细节的运用,幽默,通感与联想等,所有这些将整个阅读的过程变得紧致、起伏跌宕。比较起来通俗读物主要是突出消遣功能，而所有的消遣活动，都必须让读者或观众在心理和精神放松的大环境下追求快感。当然这快感也可以是"紧张"的，不过大致还在套路之中，比起纯文学经典，其情节尤其是思想方面，仍旧算不上陡峭和险峻。

2017年5月13日下午，于南京大学文学院

人固有心曲

以前读到郜元宝的文章，觉得有耿生气，有个人口吻。二十多年前在上海见到，才知道是很年轻的人。他汇编海德格尔，研读鲁迅，为值得关注的当代作家写许多文评。近日读他新发表的一些文字，记下了其中的"三议"。

"恶趣味"

"中国文学批评也喜欢'寻章摘句'，也喜欢'披文入情'，所谓'寻枝振叶，沿波讨源'，强调从字里行间悟入，文本分析的传统在中国古代文论史上一直都很自觉。别的不说，古人在语言文字上几乎都有洁癖，像今天许多批评界同行捂着鼻子，对许多语文基本功都没过关的恶劣文本分析来分析去，力图越过语言文字，发掘背后的微言大义，这在古人看来，也许是不可思议的恶趣味吧。"（《中华读书报》2017年1月11日）

这里的"恶趣味"三个字用语很重,且说得好。文学评论者想来应该对作品的语言文字极为敏感才是,可是正像他看到的,有一部分文评竟可以"对许多语文基本功都没过关的恶劣文本分析来分析去",实在是"不可思议"。这种语言上的不挑剔,究其实是道业上的平庸,再言重一点就是品格上的堕落。能够察省至此并谈得透彻需要锐勇,实属难得。这里还须指出的是,这种不挑剔也是向时风强势的一种迁就或依附。因为粗蛮的力量总是人世间最强大的一股力量。在一些人看来,文笔粗劣并不算什么,粗劣本身或许是另一种趣味,是造文明的反,是勇气,是发泄。向谁发泄?向美,向常识,向古老而恒定的审美原则,也可以说是向弱者。弱者就是那些特别需要借助柔软而坚韧的诗心的安慰和沟通而存活下来的人。他们最经常的感受不过是生活多艰,求告无路,需要文明与规则的日常护佑。这就是文学说到底不过是属于生活中的不得意者,而不是奉给趾高气扬者的原理。强势有两种,一是恶权柄,二是社会流氓,这二者自古至今都是相互借助和利用的,说来本是一家。

野蛮的文学即是强势的一种,所以自然散布出"恶趣味":语言劣,蛮力傲横,有恃无恐,对文字没有起码的敬畏心。这样的"写作"究竟要通向哪里,在现实中是路径分明的。这差不多等于是文路上的"剪径者",说白了不过是强取功利或火中取栗:当为文学者根本不爱文学的时候,一定会有人出于阴暗的心理去"爱"他们。优秀的作家不会受到类似诱惑,而始终要忠实和守护心中的诗与真,这也是一个作家的道德原则。不急急取悦于任何强势,在漫长而短暂的写作生涯中保持一份恪守。一个为文几十年的写作者如果在文字上突兀地慌促起来，以至于到了杂乱无章目不忍睹的地步，不仅是不足观，而一定在透露出其他信息：急遽地投向势利，这几乎无一例外。

可惜的是口口声声爱诗如命、研探诗学头悬梁锥刺股，对显豁如此的糟乱文本却不讲业内情理，只"力图越过语言文字，发掘背后的微言大义"。说到底，这也是对强势的臣服。这样搬弄纸上文墨不像本分规矩人氏所为，他们到底"爱"什么心里知道。因此，就有了上面一句"恶趣味"之斥。

"道家观"

"(《古船》)对现代民间道教末流基本持批判态度，尤其对道教末流和现代政治媾和生出的怪胎更加厌恶和警惕。""讲演录(《也说李白与杜甫》)全面肯定道教文化本身。""这关系到对具有复杂构成和历史演变的道教本身的评判，可以姑置勿论。问题是张炜讲这番话时，对遍布神州大地道教末流的生活形态和精神信仰（当然不一定继续打着道教的招牌）未置一词，似乎完全忘记了《古船》曾经做出的深沉而痛切的反思，不能不令我惊讶莫名。"(《当代作家评论》2015年2期)

诚如鲁迅先生所说，中国文化的根底全在道教。我们不究

"根底"当然不行，这里尤其不能闪身而过。道教的气息就其通俗的一面、民间形成的一面来说是相当令人厌恶的，这几乎没有什么异议。由于它的义理非常深奥，于是就给底层社会的大面积误解留下空间和余地。这其中难免混迹大量骗子，脏腻令人掩鼻。就雅文学来说，尝试正面描述道教义理之类是极危险的，差不多等于自毁。但这仍然不是我们一直远离和躲避它的理由。

对民间乃至网上娱乐文字，更有一些武侠小说中泛滥的道家邪术或类似渲染，说白了不过是中国文化的"根底之烂"，对此保持警醒心是所有知识人的正态。人对长生、对另一个未知世界的想象和探求是常情，是基本的朴素的欲求，古今中外没有什么不同。西方的炼金术士和中国的方士有些相似，他们虽然还算不上后来的"道家"，没有这样的命名，却自有其继承演化的渊源。李白杜甫当年也吃丹丸、求仙人，向往半岛地区的仙山，却不能仅仅看成是愚昧和追求邪术，部分原因是当年的科技水准和认识能力局限了他们。这种局限既耽误了他们现实生存的正事，但也有益处，比如构成了"诗仙"李白重要的精神元素。看到和正视这些缘由，其实会有助于对"道教末流"的厌恶和批判。

全面否定道教义理是一种意气用事，甚至是虚妄之举。但要将其一一找出现代理性的对证，也是很遥远的事情，可能要期待未来。现在的上层知识界基本上是西方理性主义的一统天下，所以在这个范围内全面拒斥道教并不难，难的倒是怎样回到真正的理性，避免滑向另一种偏颇。仙山与仙人的诱惑在古代是确实存在的，在山东半岛东部尤甚，这是难以回避的事实。不过哪怕是一个稍微清晰的文学写作者，当面对这一切时，洗却脏腻和弃绝末流都应该是最基本的格调，这本来是不在话下的。

此提醒之可贵，在于将重要的原则又一次拎出，让其在鱼龙混杂的网络时代成为话题，这极为必要。也许《独药师》（人民文学出版社，2016年5月）有意无意地呼应了遥远的李白。诗仙是个伟大的人，现代人不能低估他的智慧和洞悉力。他感受到了某种义理的绚丽与精微，它的魅力，所以才会那样投入，其整个求仙学道的行为并不是傻子似的笑柄。就科技的角度而言，任何时代的人都有未知，有盲角，这一点古今皆然。如果说郭沫若先生嘲笑李白学道受箓七天七夜忍饥挨困不休不眠、两手背剪参加仪式太过荒唐，那么这荒唐中不也透出了诗人的单纯与执着可爱吗？有些现当代诗人固然聪明，不过生活中的投机善变连同一串串歪诗，除了荒唐再无一丝可爱。道教风气之难消，仍然是因为"根底"的缘故，所以"魅力"恒在，无论是底层民间还是上层学术，都将一直存在，所谓"遍布神州大地"。可也正因为如此，其"根底之烂"散发出的恶臭，就足以逼退一批批英雄好汉。

"奴隶心"

"在'现代性'话语面前敢不敢不信邪，不依赖性地使用这三个汉字,实在是考验中国学术批评界自信力的一个标准,也是考验中国学术界批评界有没有起码常识的一个标准。现在确实有一种时髦,好像不围绕'现代性'打转,就根本没有问题意识,其舍我其谁的声势,令人想起过去不管谈什么,总要把'历史规律''发展必然性''主要矛盾''意识形态'之类挂在嘴边。""这可能还不光是文章的难易深浅和美与不美的问题。轻易借用别人的方法、术语,背后实在有一种不易察觉的奴隶心态,一种压抑自己的经验和创造力的痛苦而别扭的自我否定。"(《时文琐谈》,北京大学出版社,2014年7月)

一般而言,对一些充斥古怪术语的文章感到难读,常常是大众读者才有的困扰,如果连一个职业文评家也厌烦起来,肯定就不是那样单纯了,而一定会引出种种深思。不过,能从"轻易借用别人的方法、术语"的现象,看出"背后实在有一种不易察觉的奴隶心态"者,还不多见。这也许是我们今天所能读到的最深入最辛辣的揭示。

文学作品也许只有语言这一道门,舍弃它绕过它也就难以入门。但一些皇皇大文显然并不在意语言,可见也无意进入作品本身,只顾做自己的文章,哪怕所谈与作品根本无关。这里最多的就是某种"方法"和"术语"的堆积和套用,其评论对象只是一个口实而已。文中一些古怪的词汇像路面上横亘的石英石一样耀眼而碍脚,磕磕绊绊。它们来自汉语对译,因急就和生造而边界模糊,似是而非。用这样的语汇谈诗论艺基本上是扯淡,说不明白,全靠别人去猜。因为一个民族几千年的积弱积贫,凡物皆以西为贵,文学艺术更要仰视和尾随西方强势话语。这就是"奴隶心态"。

极左时期的文学批评,立论宏大无比,从"阶级"斗争直论及"哲学"与"主义",满口道德与社会的大言宣示,唯独没有一点审美感受力。作品的微细处,如语言之妙,内在幽默,可以全然无视,一口气写上万言。而今时代已变,但是文章习气和套路却依旧未改。这样的文章也太好写了,因为只要掌握一个套路即可,如果是洋套路就更好。然而我们知道,文学批评属于论文,却不可以将评论对象当成论文去读,而需要交付心灵的感悟力,能够面对有心率有气息、神经血脉具通的活的生命机体。鲁迅告诫孩子今后要做点实务谋生,千万不要做个空头文学家,这样的痛楚与厌弃心情每每引起今天的共鸣。事实上,一个人审美力的缺失是难以挽救的,有人很容易想到知识的弥补,尤其想到洋知识。这往往是无济于事的,弄不好还会适得其反。有些"大文章"一眼瞥去学问满满,可就是觉得它不懂文学,不辨青黄,艺术色盲。这仅仅来自一种直感,很可靠的直感。这里可以借用孟子的一句话:"说洋腔则藐之,勿视其巍巍然。"

当然,西方理性主义的文学分析方法为他山之石,是现代性的一部分,我们不可以视为"奇技淫巧"。问题是这里面也仍然有个"体""用"之别,要究其实而用其质,而不能化作唬人的面具一了百了。方家说优异的西方文评在本土也大致是朴素易懂的,也贴着作品走，尤其是贴着语言走。能够识别语言，论辩美丑，既有忘情的陶醉又有愤怒的冲决，这是一个文评者进入文本之后起码的心智与情感反应。如果生了势利心，长了滑溜眼，那就只会仰头向西，也就谈不上其他了。

如上"三论"的感受不一定准确：人固有心曲，所以一定程度上曲解了原意也是可能的。

2017 年 4 月 2 日

"大河小说"出版始末

如果说源于西方的"大河小说"这个概念指的是一个文学品类,那么它的确是有所不同的。首先是很长,像一条漫长的河流。这样的比喻是中性的,无关乎好与不好。《你在高原》全书有10部、39卷,写作时间长达二十多年。历经这么长的时间,自然要进行反复修改,包括重写等。全书面世前曾出版过其中的3部,为扩大和集中阅读反映,以助作者在最后阶段形成更准确更笃定的修订:首部为《家族》;《怀念与追记》更名为《忆阿雅》;《西郊》更名为《曙光与暮色》。

全书在2010年出版。《你在高原》虽然很长,却不属于同一个标题下的"系列小说"。它有着同一些主人公和同一个故事框架,是"一本书"(西方称其为"大河小说")。为了阅读的方便,10部中的每一部都有相对的独立性,这样只读其中的某一部也不会觉得突兀和残缺,但是,将10部书从头读下来,就会发现每一部都镶嵌在一个大故事中,处于应有的位置上,是长长的大故事中的一个单元:10部书的神经脉络是丝丝相接的。这样的结构出于网络时代的特殊要求,因为在匆促浮躁的时期,在碎片化阅读的潮流中,可能很少有人能够拿出时间和耐心泅过这漫长的450万字的文字河流。这种结构当然是颇费心思,写起来格外困难,因为它既是严密的镶嵌,又不能留下刻意经营的痕迹。

全书出版后,作者将发现自己实在是低估了这个时代和读者的耐力:他们仔细读过了全书,并发出了不同的呼应。出版六年多来,读者一直在以各种方式作出表达,对写作者来说,这种热烈可谓炙人心扉。远在西部的一位古稀之年的女科学家读过了长长的10部书后,叮嘱家人:希望他们能够把书从头仔细读一遍;东部沿海的一位公务员用了三个月的时间读过全书,竟然写出了十多万字的阅读笔记。类似的例子愈多,作者愈是担心长长的文字浪费了他人的宝贵光阴。不过显而易见,一个写作者花去了二十多年最好的年华做出的心灵倾诉,在大地上,在汹涌的人潮中正不断找到倾听者和对话者。

这部"大河小说"构思之初,作者还处于30岁的盛年,那时的状态,庶几可用全书前言中引用的十五个字来概括:"茂长的思想,浩繁的记录,生猛的身心"。在作者心中,它是作为幽深的记忆和特殊刻录而贮备的,也许未曾奢望成为晓畅流通的印刷品。午夜启卷,仍会因其锐利一击而战栗难眠。它在默默远行:书与人一样,既已脱离母体,也就具有了自己的生命。

关于《你在高原》新版答问,2017年7月4日

一个人的特殊岁月

一

今天讲一个朋友的故事,不,是一个人的故事。因为他不愿用"朋友"这个词来界定我们的关系。我们一度往来很多,有时又许久不见。他是一个非常热爱文学的人,做事比一般人专注,有时却长时间荒疏写作。他的许多言行令人无法赞同,但又不能轻易反对。他常常让人觉得有陌生感,有异趣。在这儿讲讲他,看看他与我们有什么不同。

这个人也是 50 年代生人,很早开始写作,读了很多书。起步时社会上的文学气氛还不够浓,大约在初中的时候由老师带领,开始阅读和写作。到了 20 世纪 80 年代初,文学在整个社会上相当热烈了,他也未能免俗,很快把自己烧得灼烫。他在机关里工作,没有专门的时间写作。

他这个人做任何事情都很认真,遇到问题一定要探个究竟。无论是对翻译作品还是对国内比较活跃的作家,对文本的分析都很细致。当时对文本进行技术研究的人还很少,他是我所见到的一个比较早的在技术上产生自觉意识的人。我对他非常重视,也觉得好奇。

那个时候中国作家苏俄文学读得多,欧美的东西很少接触。欧洲或拉美作家大约在80年代中期慢慢热起来,像米兰·昆德拉之类才得到翻译。

记得当年人民文学出版社出了一本叫舒克申的短篇集,热得不得了,是苏联文学。都是社会主义国家,那里竟然产生了这样的作家,跟我们大不一样,气象清新。他继承了俄罗斯文学的强大余脉,所以尽管是同一种社会制度、社会内容,如集体主义和人民公社等,他笔下的感觉和我们完全不一样。类似的一些作家,如柯切托夫等,是写工业题材的,影响也很大。我们现在的眼睛更多是看欧洲,看拉美。当年由苏联文学再上溯到俄罗斯文学,找到了最伟大的作家如托尔斯泰他们。

那个时期人们很愿意讨论文学。我们常常找到那样一个地方,很时髦,类似于咖啡馆之类的,聚谈文学。这一座城市里自以为优秀的人物都在这些场合出没,在这里打转,很有意思。现在情况变了,可能一个城市里最优秀的一拨人物是另一种了,去另一些地方了。

我们就在那个环境里认识,也在那个环境里有了一份友谊。也同样是在那里,他找到了自己的爱人。他长得比我高,稍黑,头发浓密,就像《艾约堡秘史》里的主人公一样,牙齿内扣。我写作时不自觉地想到了这个人的形貌,特别写到了他的牙齿。我观察过,长这种牙齿的人往往都精力充沛,几乎无一例外。

我们在那儿讨论文学,喝一点啤酒、咖啡和茶,很时髦,像是流行的一种小仪式。通常那里灯光偏暗,直到今天,这样的场所灯光也不是贼亮,它要稍微阴暗一点。日本一个有名的作家称之为"阴翳之美"。我们今天在瓦亮的灯光下面习以为常了,对蜡烛和油灯就不习惯。我们小时候如果点一个蜡烛就觉得屋子里真亮。日本那个作家发现一个问题,来到电灯时代以后就没有阴翳的地方了。他发现阴翳连接着自己的昨天,还有许多消逝的美。人在这种光色下有一些特殊的想法。就是在那种"阴翳之美"下面,一拨人经常聚会,而这个人往往是聚会的中心。

就这个阴翳的环境中一个更阴翳的角落里,总是坐着一个姑娘,所以谁都不太注意她。许多天之后她才从阴影里走出来,让他一下就喜欢上了,原来是一个微黑的美人。他俩就结婚了,一起爱着文学。

结婚后他才发现,她并不写什么,但总能提出一些生僻的文学问题。他告诉我,她脸上那种特异的神采打动了他。我见过,这姑娘的确与众不同,心气很高。

随着时间的推移,聚会越来越少了。我是极少数与那个人保持联系的人。他讨论文学的热情降低了,但仍旧阅读和写作。有一天他说正在思考两个问题,把它们想明白了才能好好做。

第一个问题是这一百多年来文学到底发生了什么?第二个问

题是为什么要写作?

我也觉得这两个问题真的非常重要。第一个大概主要关乎技术方面,第二个则影响到我们写作的理由和动力。这放到谁身上都要考虑的。但问题是我们没有集中地想过,只有这个非常认真的家伙在那里琢磨。

生活当中可以用不同的标准分开很多人。有一个东西可以把人分成两拨,即认真的和不认真的。做文学的也是这样,有人非常认真,有人总是游戏;有人内心里认真,外表却做出一副满不在乎的样子,有点表演。我说的这个人是真正的认真,而且跟所有不认真的人都不愿交往,认为凡不认真的人无外乎两种:一是没有内容,没有思维力;再一种就是志大才疏,骄傲却无本事。他眼中的这两种人都不诚实,没有交往的价值。

大概就是这一段时间,他跟人来往极少,活动半径大大地缩短了,似乎跟我也不愿见面,整个人变得内向,独来独往。过去我们都熟悉的那个聚会的热闹场景一去不复返,时代变化,他也在变化,好像经过一段时间的思考和沉淀,走向了毫不做作的孤独。我是这样看他的。

更有趣的事情发生在后来:有一天他的爱人找到我,让我帮帮他,适当的时候再规劝一下,已经有点危险了。我问什么事情?她告诉我:在离他们家那条街不远的一个十字路口有一家不大的饭店,里面有一个管发票的女子,他和她有点暧昧。我觉得很有意思:他生性孤傲,还会有这种事。他与爱人非常好。

我找到他，问了一个傻问题：为什么爱现在的妻子？他说因为她懂文学而不从事文学，提出的所有问题跟文学既疏离又根本，很值得讨论。这个理由太理性了，肯定不仅如此。世界上没有什么比爱情的发生更复杂了，如一种特别的神气，特别的气质，包括心灵和形体，都会滋生不可分离的爱情。我找时间去了那个饭店，碰巧遇到了他，正送给那个女的一张俱乐部的门票。他看到我，瞥一眼就走开了。

这个女子我以前见过，但没注意，现在才发现她个子很高，脸很白，鼻梁挺挺，眼睛很大，眼窝深凹，有点像外国人；头发披散气度不凡，给人以深刻的印象。我那时觉得他喜欢这个女子自有原因，但后来怎么发展的，没有留意。

又过了大概三四年的样子，他的爱人又找到我，说有一个事情得注意一下了：部队文工团一个跳舞的女子，他又与她好上了。这个女子与原来那个完全不一样，非常娇小，穿了牛仔连衣裙，真是可爱。我似乎无法调解这个事情，他的妻子说这个不解决不行，瞧他整个人都有些恍惚，写作谈不上，读书还马马虎虎。她说："我们住在一个平房里，中间那儿有一个小北窗，从那里能望到星星。他半夜起来就看着小北窗，发出低沉吓人的声音。"我马上觉得问题严重了，半夜里发出豺狼般的吼叫，不好了。

我终于下决心找到他："你对妻子造成了多大的痛苦，这到底是怎么回事？"他直截了当地说："我和她们没有什么更深刻的事情。非常想念，想起来半夜睡不着。"我问他准备怎么做？他说：

"还没想好。""准备和妻子分开?""这不可能。"他认为以后还可能喜欢上别人,如果遇到一个就要与原来的分开,人会疯掉。"我离不开妻子。"在这种真实的痛苦和矛盾当中,他们一起生活着。

再后来他要离开这座城市了。那时有一股辞职风,他随着这阵风气找到了很远的一个乡下,承包一大片山地养鸡栽树。出城时两人高高兴兴,因为妻子特别希望离开这个是非之地。

二.

两年之后,我去看了他们的新家。见面仍然要谈文学,这才知道,他还在思考那两个老问题,就是这么认真和执着。他说第一个问题似乎懂了一点,第二个还没有头绪。为了弄清一百多年来文学到底发生了什么,他做了诸多准备,比如自学了英语和法语。他的英语会话一般,阅读能力比一般翻译家都好,还动手译出了三本英文小说。以这个人的倔劲,只要给他时间和健康,什么都能做得深入和完美。他一直研究古典,古汉语功底扎实。这些条件使他能够广泛地阅读,进一步打开文化特别是文学视野。他始终认为,在文学方面,不了解一百多年来发生了什么,就不知道今天该做什么。

他说经历了一百多年,从 19 世纪到 20 世纪,文学发生了很多大事,但根本的大事要说也非常简单。我急不可待地问:"发生了什么?""就是写作者们挨得太近了,太拥挤。"我笑了。我那会儿还在想现代主义、先锋派,从无意识写作、结构主义、意识流,再到表现主义、后现代。他语气淡淡的:"其他都不重要,只有这一件事是最大的。"

他的意思是作家们失去了必要的空间,于是一切都搞糟了、很难挽回了。因此我们将很难产生托尔斯泰、雨果,更不要说但丁这一类大师了,就连屠格涅夫《猎人笔记》、莱蒙托夫那种诗意作品都不再可能。太过拥挤,无法腾挪。心灵、脑力、精神,与物质的创造一样,需要起码的场地去施展手脚。

我还在思考。精神方面的拥挤需要分析。他说19世纪20世纪至今,由广播到电视再到网络,传播技术的发展非常致命,后果严重:看起来一个人居于千里万里,其实近在咫尺。作家们彼此想了什么,如何表达,很快熟知并相互感染。交流迅捷而且过于频繁,简直是耳鬓厮磨,以至于眼前没有任何新的东西。从此一个人要做出新的表达,就只有形式上的大胆探索了,这就有了所谓的"现代主义"。"实在没有办法,绝望之下的精神突围既有效又无奈,仍然不能从根本上解决问题。大师不再,实际上是永无可能。也出现了一些个案,像令人惊艳的索尔·贝娄和马尔克斯这些超绝的匠人,已经是奢望了。不过他们怎么可以跟托尔斯泰、陀思妥耶夫斯基、歌德这一类人相比?"

我在想"太拥挤"几个字。好像真的没有足够的精神空间,任何人都无法独处。传播工具无限发达而且越来越发达,连风中都是它们的喧嚣。现代人不可能有闲暇,脑子要不停地跟周边的信息发生关系,丝丝接通,回答和对应。"我们无数次地强调了交流的意义,但很少去考虑它的负面。一个人一天到晚不停地回应,无论愿意还是不愿意,每天都被大量花花色色的信息包围,是不是够倒霉?"他沮丧无比。我没有回答。我知道人处在这样的境况之下十分被动,一切都无法拒绝,又不可能无动于衷;是的,回应,或深或浅,心灵再无闲暇。我在心里叹息。

他由自己的劳动举例:挖一个水坑慢慢渗水,得给它时间,这才能积起一些水以供使用。但是刚刚渗进了一点就舀出去了,不停地舀,水坑里永远都是一点点泥汤。精神和思想的积累也是如此。"我们耗得太重了,相互耗损,毫不留情。"他说。

我端量他的新居。这个地方很偏僻,他们显然也很孤独:随身带了一点书,都是老书,家里没有什么现代电器设备。大概他想尽可能地隔离自己,只跟遥远的文学和思想发生联系,让自己寂寞。他妻子说:"现在好多了。"这使我想起城里的事情,私下对他开玩笑,说总算离开了她们。他沉默了一会儿,说:"我爱她们,那些日子茶饭不思。我知道大麻烦会来的,还是离开吧。"他说自己是个热情好奇的人,一度不能自拔。他接着告诉说,幸亏在山里认识了一个人,这人学历不高,是比较孤僻的人,他们成了朋友。朋友一辈子只做两件事:自学中医,再就是研究"籥"字。朋友得知他的痛苦后,看了他的舌苔,还号了脉,说这严格讲是一种病。"爱情是一种病?"我大惊失色。他并不回应,语气平淡地说下去:"大概吃了两个月的药,安静多了。我的病基本好了。"

我忍住好奇听下去。他说:"那天晚上一起吃饭,有一本黄色小说,朋友只看几页就判定这书的作者有病,然后顺手开出了几味中药,有煅龙骨等。""这有点玩笑了。""这不是玩笑,这是在说进入事物的不同途径:从中医,从诗学,从写作学,从心理学,从不同的途径进入,方法是不一样的。从中医这个角度进入,就会觉得是一种病,而且还能医治。"

我顺着他的思路说:"作家之间的拥挤也会带来一种病,一种现代病。"他没有吱声。我明白,这种拥挤当然不是指居住的距离,而是信息传播的后果。每天接触海量信息,人人疲惫不堪。结果是惊天大灾不再为奇,正常的人类情感已经丧失。在文学表现上,为了能让人看一眼,只有追求技法和内容的千奇百怪:颠三倒四或无比下流。这个趋势只能愈演愈烈。

如果这稍稍算是一种现实,那么作为一个写作者也只好尽可能地躲闪。可是风里吹拂着一切,现代人已经无法拒绝。这使我想起了80年代初期的一次经历。那是年纪比我稍大的一个文学朋友,他从北京出差回来,脸色阴沉且有些慌乱。我问他怎么了?他沉默了一会儿说:"到了信息时代了!"那时"信息"这个词很少有人提到,他当时的脸色、造成的气氛,让我觉得非常可怕的大事就要降临。不过我冷静了一下,觉得即便真到了那样的时代也不必吓到脸色蜡黄,那又能怎样?那是我忘不了的一个场面、一个记忆。我当年在心里嘲笑他被一个"信息时代"吓成这样，有点浅薄。今天看不是朋友浅薄，而是自己太过大意了。我们终于见证了信息时代令人恐惧的一面。

就为了躲开无可躲避的时代，这个人住在山里，没有手机也没有电脑电视。他在倾力筑起篱笆，与世隔绝。他每天干活，业余时间写一点东西，发表时署上附近一座水库的名字，后来又改成旁边一条河的名字。

那次见面几年后再次相聚，我发现这个人更加冷淡。但一谈起文学还算好一些，话也多了。我忍不住问他一直思考的第二个问题怎样了，他点点头。我以为他免不了要谈一个写作者对于生活的责任、人的责任，谈到审美的功用和力量。这其实是不可回避的，我们多年来也为这种积极的美学主张所陶醉。结果却完全不是如此，甚至相去甚远。他竟然从动物开始说起：世界上有很多动物，狼和狐狸，还有非常聪明的狗和猫，好多。

他的大意是：人与其他生命根本的不同，就是拥有复杂的语言系统和表述方式。其他动物也有自己的语言，但要简单得多。人是一种语言动物，以此跟所有生命拉开了距离，拥有了尊严。所有的生命自发生到鼎盛到死亡，是一个非常具有悲剧性的过程。人这种语言动物稍有不同，他们可以运用语言进行诗意的表述，能够自嘲和幻想，深刻描述自己的生存状况，在那个必将来临的结局面前赢得了一点尊严。既然如此，那只能把语言发挥到极致，同时也把智慧和思想发挥到极致。这是人的自尊，是与其他生命的区别,是活着的意义。文学是各种语言方式当中最别致、最深入、最高级和最不可思议的一种表述,所以这事关绝望中的幽默、诗意以及风度。只有文学能够做到这一切,能够抵达,能够改变渺小的生存。

我在思索。我说:"也许是的。作者写下这些文字的时候,总会想到施惠于社会和他人。"他摇头:"不,只有专注于刚才的意义,才会施惠于社会和他人。"他如此爱惜自己的语言,专注于语言,从中寻找最高的意义,并且上升到非常严苛的伦理内容:不专注、不忠实于这种表述,简直就是一种不道德。从这里推导下去,所有粗疏的写作,粗枝大叶和庸俗的文字、语言的垃圾,都是有损于尊严的,是与人类生存的最大利益背道而驰的。

这是他的发现。我经常去想这两个问题,却不愿完全苟同。我或者觉得一切都更加复杂一些,结论或应放缓。不过我愿意将其当成最严肃的思考、最好的参照。我暂时也不想采纳他的生活方式,我在城里有许多事情要处理。但是闲下来时,一想起与他相处的日子,就觉得比周围的庸庸碌碌宝贵多了。我觉得从某种程度上讲他抓住了根本,思考的是一些很大的问题。他没有现代主义的复杂说词,只以极其朴实和诚恳的方式启发我:拥有独处的能力,摆脱信息的包围,然后去尝试创造。

三

他们夫妇对那个搞"籀"字研究的朋友有些依赖,特别是脸色微黑的妻子,一谈到那个人就喜上眉梢:"那是个高手,常言说得真对,高手在民间。"我知道她感激这个人给予的最大帮助,即让她的丈夫安静下来。其实我心中疑惑这主要还不是治疗的问题,而是年纪的问题,他这样的年纪应该不再顽皮了。他们对眼下的生活似乎也非常满意:鸡鸭繁殖很快,山坡下的速生杨一片浓绿,收入稳定可观。"现在更能读得进书了,不再走神。"她说。

这里的生活状态对一个城市人,一个知识人来说,尽管少见却也似曾相识。这是另一种概念化的生活:脱离大都市,重返耕读岁月,与大自然亲密无间。好像仍旧是梭罗那一套。好在这幢小房子的主人善于思考并得出一些结论,把自己最关心的当下文学问题化繁为简,有了与众不同的收获。她的妻子也"不再走神",无论如何这都是重要的收益。

我知道要做到这一切既困难又极有意义。因为人的耳朵里、眼睛里,甚至鼻子里所嗅到的气味都似曾相识,很难有什么创见。就阅读来说,随便打开一本杂志就是相似的语调,写作者差不多都用同一种口气说话。可以说,一个人不可能与这个时期的流行之物有什么区别。山下小屋的主人起码摆脱了一种流行语调,这是他解决的第一个问题,这在我看来真了不起。

城里一个作家曾对我开玩笑,说:时下要写一个很差的作品,比写一个很好的作品难多了。他在自嘲和自警,害怕跌入惯性写作的泥淖。当写作者把一只笔用到娴熟的时候,笔下流淌的东西大概不会差到哪里去,但这种"好"的结果,一定是对自己的最大毁坏。文学故事也就那么多,生老病死,爱恨情仇,加点黄色和绿色,谁把谁杀掉,成功与失败。情节随便组合,故事容易堆积。这对于职业写作者太容易了,但没有多少意义。对自己没意义,又要浪费他人的纸张和时间。惯性写作是非常可怕的庸俗之事。

要破坏这个惯性,首先就要废除惯性的生活。正因为这样,这个人才走到了山下小屋之中。他在种树,许多的树。他谈到语言的严苛口气,令人为之动容。他考察语言与工具:古人写在龟板上,写在竹简上,或者写在树叶上,工具何等简陋。再到后来由毛笔到自来水笔直至电脑,文字就开始泛滥,人也轻率轻浮起来。"顺着这个速度繁衍下去,最后的结果只能是人类自己将最宝贵的东西,也就是语言,完全毁掉。"我似乎能同意他的判断:人作为语言动物,正开始不可逆转地通过毁坏语言,进而毁掉自己。

我想起古人的一个说法:文章不读秦代之后。这是极而言之。不过先秦的文学力量大极了,那时候一个字等于后来多少字。它内在的那种含蓄多义,包容和重量,有一种不可企及的高度和美。秦代以后的文字是逐步草率和繁殖的过程。就留下的痕迹而言,自来水笔和毛笔不一样,电脑则更为不同。可见形式一定会影响内容。写作工具的演变,带来了信息的泛滥,改变了人和自然的关系。

现在只要打开视频系统,多么残酷与华丽的场景都在淋漓上演,而且日夜不息。过去战争的死亡是与敌人的近身搏杀,是倒在血泊里,而今有可能只按下一个发射纽,千里之外的几十人上百人就没了,像玩电子游戏一样。冷兵器时代的确过去了,情感的接受与记忆也的确不同了。这种改变将打败靠灵魂支撑的那种表达方式,让一切在无察中就完结了。

这个在小屋中生活的人正努力扭转着什么,比如重新建立跟万物交流中的命名能力。他耕种,抚摸,一棵树长得很快,他用尺子围一下,隔一个月再去围一下,在本子上记录生长和喜悦。所有的绿植除了拉丁文转译的名字,还有当地土名,这要一一对应。他养了一匹马,跟马朝夕相处,有一天它很深情地看过来一眼,让他心里一动。他觉得它的眼神像人一样。它为什么要这样看我?包含了什么意思?一直琢磨。这就是一个命名的过程。

从此使用文字的方式会有所不同:极力寻找个人的贴切和真实,所用的字词一定是不可取代的。他举例说,一部分作品离开了写作者的语言,再去复述人物与故事并无妨碍,损失是很少的;而另一部分作品除非使用作者自己的语言,不然就无法转述。我想了一下真是这样。原来真正意义上的文学,比如说诗与思的创作,语言是没法跟故事和人物剥离的。

他的思索抗拒着这个商业与物质主义时代的宽容与混浊,为自己建立了一个苛刻的标准。他回忆自己译出的西方作品：那些语言与故事剥离的写作，译起来是非常容易的，因为质地粗疏，把故事和意思转述明白也就可以了，不需要进入语言艺术的层面。"有一部分作家是名副其实的，他们与自己的文字结成了一体；有的则不然，他们留下的文本并没有相应的品质和内容。"他说。

我不再说什么。我觉得他说得挺好。但这只是山里的讨论，是在两三个人之间进行的。他说的，我就做不到。他让我看到了从事文学的不同方法、不同的文学观与世界观。他谦和的语气中充满了自尊与轻蔑，这样讲了一会儿，起身去喂鸡。

那个夜晚起风了。我独自一人躺在那儿想着我们认识以来的交谈、重逢和分手。还是那座闹市，他走开了，我留下了。我写了四十多年，有辛苦有收获，也染上了很多毛病。我明白，今后安静下来的时候，自己还会思考他这个人和他说的话。我珍惜这种面对面的交流，知道说真话有时候是危险的。但事过之后又会觉得舒服。说假话保险一点，但事后会觉得空虚。没有什么比朴素的真话更能安慰人的了。所有的人都不喜欢欺骗。我马上就要回去了，回到这个人为之痛心疾首的那个拥挤的世界里去。

走之前我留下了自己最新的两部长篇：《艾约堡秘史》和《独药师》，算是交上的两份作业。写它们的时候，我经常想到这位住在山里的人。

2018 年 4 月 10 日

于鲁迅文学院

再识张炜（代后记） /林文询

认识张炜，当然是因为他的小说。这里说当然，绝非口水话顺嘴溜溜，用之于张炜，实在是顺理成章之事。他的那么多小说摆在那里，尤其是十数部系列长篇，犹如齐鲁大地上拔地而起的山岳，要数量有数量，要质量有质量。在近些年呈落寞之象的当代文坛，确有些异峰突兀的气概。文人作家，追求著作等身，本不足怪，关键是要看这"等身"的是虚有其表的豆腐渣摩天大楼，还是粗粝巨石累成的金字塔。张炜的系列长篇是具有金字塔品相的。这些以其家园故土为背景的鸿篇巨制，读来确实让人有一种如齐鲁大地般厚实广阔而深峻的感觉。

"登泰山而小天下"。也许正因为他的小说名声太大，如山岳般耸立，便不经意地遮蔽了山谷间的幽泉清涧、荆棘花草。而这些胜景，其实是张炜创作中不容小觑更不应忽视的重要部分——这便是他的散文随笔。小说家写散文，以至诗人转而写小说之类所谓"跨界写作"，本不稀罕，历来多多。作家的价值与评定，也不应以此为标志。譬如古代，一生专攻诗歌的李白、杜甫，成就

"诗仙""诗圣"之盛名,而苏东坡,则堪称是十分严谨的中国古代文坛的"大玩家",在诗词书画等诸多领域均有非凡成就。除了是公认的"词之魁首"外,散文名声亦称"唐宋八大家"之首。可见,无论是"专业户"抑或"多面手",均可以成为大家。当然,也均可能一事无成,一文不值,著作等身的结果是等于零。

当今中国文坛,确也有此等现象,有的所谓小说家,偶尔一炮走红之后,便再也玩不转小说了,以为散文轻巧,于是以此来延续自己的名声。这样弄出来的花草,其生命力可想而知。张炜不是这样的,他的散文随笔摆在这里,与他的小说一样散发着齐鲁大地上的清新之气。特别是这本集子中的开首几篇,其朴素、凝练、实在而饶有情致,充分显示了作家的丰沛才情和深邃思考。这当然是作家张炜给我们展示的另一面,小说张炜之外的散文张炜。

更值得一提的是,张炜不是如前文所说的,玩不转"笨重"小说了才来玩"轻巧"的散文,他写散文不是被动的无奈之举,而是一种清醒的主动选择。本书中有好几处谈到了他对"虚构"与"非虚构"写作的看法,似乎可以隐约窥见一个成熟作家的深层思考、内心独白。对此,有人或会感觉不解,甚至惊讶。这并不重要。天下攘攘,每个人都在走自己的路;文海茫茫,每个作家都有自己的选择和思考。只要是真诚的就好。张炜不仅这样深沉地思想了,而且这样实在地书写了。且思且行,且行且思,人生之旅,作家之路,就这样不断地延伸、丰富,变幻出多种多样的情致色彩。读其文,识其人,与这样的作家同行,你肯定会领略更多更精彩的人生风景,领悟更多更深沉的人生况味。

林文询,著名作家,编审。四川省作家协会主席团名誉委员。长篇小说《白梦》获巴金文学院优秀长篇小说奖、第三届四川省文学奖,《林文询随笔》获省作协巴金文学院散文随笔集奖,《成都人》获第四届四川省文学奖。

他们为何而来